Michèle Maillet

Schwarzer Stern

Aus dem Französischen
von Bettina Schäfer

Unionsverlag
Zürich

Die französische Originalausgabe *L'Etoile Noire*
erschien 1990 bei Editions Bourin, Paris.
Die deutsche Erstausgabe erschien 1994
im Orlanda Frauenverlag, Berlin.

Auf Internet
Aktuelle Informationen
Dokumente über Autorinnen und Autoren
Materialien zu Büchern
www.unionsverlag.ch

Unionsverlag Taschenbuch 156
Diese Ausgabe erscheint mit freundlicher Genehmigung
des Orlanda Frauenverlags, Berlin

Rieterstrasse 18, CH-8059 Zürich
Telefon 0041-1 281 14 00, Fax 0041-1 281 14 40

Umschlaggestaltung: Heinz Unternährer, Zürich
Druck und Bindung: Clausen & Bosse, Leck
ISBN 3-293-20156-3

Die äußersten Zahlen geben die aktuelle Auflage
und deren Erscheinungsjahr an:

1 2 3 4 5 - 02 01 00 99

Für Blanchette,
für meinen Vater

Kein schöneres Gedenken

Gibt es ein schöneres Gedenken
dieser Vergangenheit,
offen
und vollendet zugleich,
als die Zärtlichkeit,
die unendliche Zärtlichkeit,
die überleben läßt...

Léon Gontran Damas*, *Pigments – Névralgies*

1 Eine Küche, ein Lastwagen

»Tür auf! Schnell!... Los! Schnell! Frau Sidonie! Öffnen Sie!«

Zuerst ein dumpfes Klopfen, dann hartes Hämmern an der Tür, vermutlich Fausthiebe und Tritte oder Stöße mit dem Gewehrkolben gegen das Holz. Als die Schläge einen Moment aufhören, setzen Geschrei und Gebrüll wieder ein.

Nur ein paar Sekunden, dann fahre ich aus meinem Halbschlaf auf und bin schon auf den Beinen. Im Hinausgehen schließe ich die Schlafzimmertür hinter mir. Ich laufe in die Küche ans Fenster und werfe einen Blick hinaus. Und verstehe nicht ganz...

Sie wirken wie Schatten im Park, aber ich erkenne sie.

Mechanisch fahre ich mir mit beiden Händen über das Gesicht, wie immer, wenn jemand an die Tür klopft, und beeile mich zu öffnen. Sie stoßen mich nach drinnen und bauen sich mitten in der Küche vor mir auf. Vier Soldaten in schweren Stiefeln und Uniform und zwei Zivile in Regenmänteln.

Ich gehe auf sie zu, sie stellen sich mir entgegen, ich weiche zurück. Einer der beiden in Zivil schreit: *»Los, los!«* Darauf verstummt er. Aller Augen richten sich auf mich. Die Soldaten starren mich entgeistert an, dann brechen sie plötzlich in lautes Gelächter aus. Ich fange an zu zittern. Ich höre Worte, ohne sie zu verstehen: *»Negerin! Eine Negerin! Frau Sidonie eine Negerin. Unglaublich!«*

»Los, Jude!«

In diesem Augenblick begreife ich die aberwitzige Situation: Razzia! Das hier ist eine Razzia, und mich halten sie für eine Jüdin. Eine schwarze Jüdin. Und sie fragen sich, ob das sein kann. Jetzt mache ich zum erstenmal den Mund auf, beinahe gelassen und selbstsicher: »Nicht Jude. Katholikin. Ich bin katholisch.«

Wie zum Beweis, aber ganz unwillkürlich kommt eine Handbewegung aus mir – das Kreuzzeichen –, und ich bete zur Jungfrau Maria. In meinem Schlafzimmer brennt immer noch die Kerze vor ihrem Bildnis.

»Jude, Negerin, tut nichts. Dieselbe Schweinerei!« Einer der Zivilen hat gesprochen. Ich erahne den Sinn der Worte, die ich undeutlich verstehen kann: Jüdin, Schwarze, Schwein. Dieselbe Schweinerei, dieselbe Sippschaft. Solches Gerede ist mir schon hier und da zu Ohren gekommen. Ich habe nie besondere Aufmerksamkeit darauf verschwendet. Aber ich merke, daß es mir nichts nützen wird, auf die Religion zu pochen. Das Schlagwort, das von Mund zu Mund geht, hinter vorgehaltener Hand, heißt nicht »Glaube«, sondern »Rasse«.

Einer in Zivil zeigt auf meine Schlafzimmertür. *»Wer ist da drin?«*

Mir fallen die Kerze und das Heiligenbild wieder ein. Ich antworte einfach: »Das ist mein Schlafzimmer.«

Gleich daneben, die andere Tür. Er geht hin. Seine Hand schließt sich um den weißen Porzellanknauf. Aus meinem tiefsten Innern löst sich ein wortloses Gebet, flehentlich und verzweifelt. Daß er nur den Griff nicht herumdreht, nicht diese Tür da öffnet! Er wendet sich zu mir um. Ich bin sicher, daß er meine Angst spürte, mich durchschaut hat. Er weiß, daß ich innerlich bete, diese Tür soll geschlossen bleiben.

Jetzt steht sie offen. Ein Rechteck aus fahlem Licht hebt sich vom Fußboden ab. Die Küchenlampe leuchtet nur bis zum Eßtisch und läßt das übrige Zimmer im Halbdunkel.

Der Mann dringt in den Raum ein, tastet seitlich am Türrahmen entlang nach dem Lichtschalter. Aus und vorbei. Er hat ihn gefunden und drückt darauf. Etwas muß jetzt geschehen, ich muß retten, was noch zu retten ist. Ich halte nicht länger an mich, stürze auf ihn zu und fange an zu reden. Ich suche nach Worten. Dabei merke ich, wie ungeschickt ich bin und daß ich, anstatt ihn abzulenken, ins offene Messer laufe: »Die Kinder, die gehören nicht zu mir. Besuch. Ferien. Ich kenne sie nicht.«

Er geht zum Bett hinüber, ich folge ihm. Nur zwei dunkle Mulden in den Kissen sind zu sehen, alles weitere ist unter den Decken geborgen. Das Bettzeug fliegt zurück, und zwei kleine braune Köpfe tauchen auf: Nicaise und Désiré, meine Zwillinge. Sie sind wach wie am hellichten Tag, ein wenig erstaunt und beinahe lustig. Als ich sehe, wie sie sich aufsetzen, wird mir die Offensichtlichkeit meiner Lüge bewußt: Wer wird denn glauben, daß sie nicht zu mir gehören? Wie sonst ist ihre Hautfarbe zu erklären?

Die beiden Gesichtchen vor mir rühren mich an, ich werde ganz zärtlich gestimmt. Der Mann neben dem Bett ist sicherlich in keiner vergleichbaren Stimmung: *»Auch die Kinder! Auf, los!«*

Die Uhr in der Küche schlägt vier. Bis jetzt hatte ich keine Vorstellung davon, wie spät oder früh es sein könnte. Ich muß gestern abend angezogen auf meinem Bett eingeschlafen sein. Oft nutze ich die Ruhe am Abend, um zu nähen, und nicke dabei manchmal über meiner Arbeit ein.

Aber heute ist die Nacht für alle vorbei. Im ersten Stock höre ich Gebrüll. Wieder dieselben Worte: *»Los! Schnell, schnell!«* Das Getrampel schwerer Stiefel, und Waffen, die an Wände schlagen. Sie haben das ganze Schloß gestürmt. Monsieur Dubreuil und seine Frau werden sie mitnehmen ... Es ist wohl, was ich dachte: eine Razzia. Und ich werde mit den anderen zusammengeworfen.

Wieso? Warum denn eine Razzia in diesem stillen Winkel bei Bordeaux?

Gestern beim Einkaufen hörte ich, daß ein deutscher Offizier zusammengeschlagen worden war. Ich hätte mir denken können, daß das Folgen haben würde, Repressalien, und daß

»Exempel statuiert« würden, wie es hieß. Ich hätte meine Koffer packen und wegfahren sollen, meine Kinder wegbringen. Ich hätte... was? Was tun sollen? Wohin gehen?

All diese Geschichten schienen im Grunde so weit weg, das alles betraf uns nicht. Heute nacht betrifft es uns. Bis zu dem Moment, als laut an die Eingangstür gehämmert wurde, passierten solche Sachen nur anderen. Plötzlich ist mein eigenes Leben bedroht und das meiner Kinder. Und das Leben der Dubreuils. Ich wußte, daß Madame Dubreuil Jüdin ist. Doch es ist mir abstrakt geblieben. Anderen vielleicht nicht. Vielleicht sind die Dubreuils denunziert worden? Sicher, sie gehört einer anderen »Rasse« an als ich, doch in meiner Umgebung treffe ich immer nur auf Menschen einer anderen »Rasse« als meiner, so gesehen...

Monsieur und Madame Dubreuil habe ich sehr gerne. Sie sind immer sehr nett zu mir gewesen. Dennoch habe ich mit alldem nichts zu tun. Und meine Kinder auch nicht. Sie können meine Kinder nicht mitnehmen.

Nicaise und Désiré sind aufgestanden und zittern vor Kälte und Müdigkeit, aber sie lächeln. Ich helfe ihnen beim Anziehen, und währenddessen sage ich immer wieder zu den Soldaten und Zivilen: »Ich bin keine Jüdin. Katholisch. Französin. Martinikanerin. Aus Martinique...«

Ihre einzige Antwort besteht in wiederholtem *»Negerin«* und Lachen. Sie geben mir Zeichen mit der Hand, ich soll mich beeilen und meine Sachen packen.

Meine Sachen packen. Wohin fahren wir überhaupt? Und für wie lange? Mein Blick heftet sich an die vertrauten Gegenstände in der Küche: an den Wasserhahn, den ich vor zwei Tagen alleine repariert habe, das ordentlich an die Wand geklappte Geschirrgestell, und vorne auf dem Tisch das Buch, über dem mein Sohn Désiré beinahe jeden Abend einschläft.

Dann ging alles sehr schnell. Keine Zeit zum Nachdenken. Eine Tasche, und Sachen für mich und die Kinder schnell hineingepackt. Noch ein kurzer Blick in mein Zimmer, das im

Unterschied zur Küche ganz allein mir gehört: das Foto meiner Mutter vor unserem Haus, weit weg, auf der Insel, ein alter Stich mit naiver Handkolorierung, auf dem eine martinikanische Landschaft zu sehen ist, und auf dem Bett der schöne Madrasüberwurf und darauf meine Näharbeit – ein Kleid, das ich heimlich angefangen habe, für Nicaises sechsten Geburtstag im März. In der Ecke das Bildnis der Heiligen Jungfrau. Ich blase die Kerze aus. Was soll ich mitnehmen? Dinge, die uns am Leben erhalten? Dinge, die die Erinnerung wachhalten? Etwas zum Beten? Etwas zu essen?

»Schnell, schnell!«

Worte wie Knüppelhiebe. Alles geht so schnell, daß wir im Handumdrehen draußen vor den Lastwagen stehen. Im Park sind gleich mehrere vorgefahren. Es ist sehr kalt in dieser Dezembernacht.

Die Motoren laufen, und zwei Deutsche mit Maschinengewehren bewachen uns beim Einsteigen. Als sie mich und die Kinder herankommen sehen, fangen sie an zu lachen: *»Eine Negerin! Schwarz wie die Nacht!«* Und immer, wenn sie den Mund aufmachen, kommt eine kleine fahle Wolke heraus. Der Park wirkt in der Dunkelheit erschreckend viel kleiner als sonst. Ich helfe den Kindern hinauf auf den Lastwagen.

Für einen Moment halte ich inne, sehe die tragische Ironie, die Ungeheuerlichkeit dieser Geste: Ich helfe ihnen auch noch dabei, ins Ungewisse abzureisen, einem Schicksal entgegen, das ich noch mehr für sie als für mich fürchte. Aber schon höre ich wieder das *»Schnell! Schnell!«*, und mir bleibt keine Zeit mehr zum Nachdenken.

Ich versuche die hellen Flecken, die Gesichter all derer, die schon unter der Lastwagenplane sitzen, zu erkennen. Weder Monsieur noch Madame Dubreuil sind auszumachen. Vielleicht mußten sie in ein anderes Fahrzeug steigen. Ihre Gegenwart hätte mich beruhigt. Ich hätte sie gebeten, den Deutschen zu sagen, daß ich katholisch bin, und sie hätten sich für mich eingesetzt. Sie haben mich immer respektiert, mich und alles, was mich mit meiner Insel verbindet. Madame Dubreuil sprach oft mit mir über die Antillen und bat mich manchmal, sie in die Geheimnisse der kreolischen Kochkunst einzuweihen, die ich von meiner Mutter gelernt habe.

Die Lastwagen setzen sich in Bewegung und rollen aus dem Park hinaus. Kieselsteine knirschen unter den Reifen. Dann fängt die glatte Straße an, ein paar Minuten später müssen wir schon im nächsten Vorort von Bordeaux sein. Wir halten an. Wieder das Gebrüll. Der Lastwagen wird aufgerissen, und weitere Personen steigen ein. Die Soldaten stoßen und drücken uns nach hinten wie Vieh.

Ich versuche meine Kinder zu schützen, die zwischen den Erwachsenen kaum Luft bekommen. Sie haben seit dem Aufstehen noch kein Wort gesagt. Ich weiß, daß sie abwarten, bis wir allein sind, um ihre Fragen zu stellen. Immer heben sie, was sie zu sagen haben, für unsere vertrauten Momente auf. Meine armen Kleinen, wenn ich nur wüßte, wann wir wieder für uns sein werden. Aus ihren Blicken spricht mehr Neugier als Angst.

Ein erneuter Halt. Und wieder Abfahrt. An den Kurven, den Richtungswechseln, an den Zonen aus Licht und Schatten, die durch die Plane schimmern, versuche ich unsere Route abzulesen. Das La-Bastide-Viertel, die Stadtkirche. Weiter unten stelle ich mir die Garonne vor, ein stiller Fluß im Winter, bis zu den Frühjahrsstürmen. Und die Häuser am Ufer, die sich im Wasser spiegeln – eine chinesische Tuschezeichnung. Ich versuche mich zu orientieren. Mir scheint, wir befinden uns auf der Nationalstraße 10. Aber warum? Wohin fahren wir nur?

Meine Blicke und die einer Frau, die beim letzten Halt eingestiegen ist, begegnen sich. Ihre Augen stellen dieselbe wortlose Frage. Dennoch wendet sie sich ab. Ich kenne diese Frau, und sie kennt mich. Oft wechselten wir ein paar Worte, wenn wir in einem Laden zusammentrafen. Heute tut sie, als hätte sie mich noch nie gesehen. Ich frage mich, wen sie eigentlich nicht wiedererkennen will: Sidonie, die Frau mit der schwarzen Hautfarbe, oder Sidonie, die Haushälterin einer Jüdin?

Kein Mensch im ganzen Wagen sagt ein Wort, und doch bin ich sicher, daß wir uns gerade jetzt nötig brauchten. Seit ich hier drinnen bin, halte ich Ausschau nach einem bekannten Gesicht, nach einem wohlwollenden Blick, ein paar leisen Trostworten oder Erklärungen. Aber diese Frau, die mich kennt, bleibt stur wie alle, die von nichts wissen wollen.

Empörung regt sich in mir. Gewiß ist das jetzt vielleicht nebensächlich, aber eine Frage drängt sich mir immer wieder auf: Warum ignoriert mich diese Frau? Weil ich nur eine Hausangestellte bin? Weil sie sich nicht mit einer »Negerin« kompromittieren will?

Im Augenblick bin ich eine Französin wie sie und von den Deutschen verhaftet wie sie. Ja, Französin, ganz und gar, Blutstropfen für Blutstropfen. Mein Vater war Franzose und Weltkriegsteilnehmer. Er starb an den Spätfolgen seiner Kriegsverletzungen; zuviel Blut war auf französischem Boden vergossen worden. Auch einer meiner Onkel kam um, weil er Franzose war. Beerdigt im Massengrab von Douaumont. Und bei mir zu Hause, im Frankreich auf der anderen Seite des Ozeans, da kannten wir die Geschichte der Schlacht von Verdun auswendig. Oder die Kämpfe um den Wald bei Caures, wo mein Onkel Thémistocle 1916 fiel... Und was macht mein Onkel Armand seit der Besetzung Frankreichs? In Sainte Lucie, im Süden der Insel, hat er sich an die Spitze der Widerstandsbewegung gesetzt. Vom 18. Juni 1940 an, als einige wenige TSF-Sender den Aufruf des General de Gaulle brachten, sind fast alle Männer mit den erstbesten Booten zu den englischen Inseln aufgebrochen. Viele von ihnen sind vermißt, von starken Strömungen oder vom Sturm hinausgetrieben worden, wie mein Bruder Rémy...

Inzwischen schlafen die Kinder, eingezwängt zwischen Koffern und Knien von Erwachsenen. Sie werden hin und her geschüttelt, und dieser Anblick schneidet mir noch mehr ins

Herz als die Erinnerungen an die Vergangenheit oder die Gleichgültigkeit dieser Frau, die mich einfach nicht mehr kennen will.

2

Eine Reithalle

Vier Stunden, jetzt sind wir schon vier Stunden unterwegs. Der zu kurze Schlaf, die Eiseskälte und Bewegungslosigkeit, die Angst, das alles läßt uns blaß aussehen hier in diesem Wagen, auch mich und meine Kinder. Man kann sehr wohl blaß aussehen unter dunkler Haut, genauso wie frisch und wohl.

Der Lastwagen hält an. Ein Ziviler, der einigermaßen richtiges Französisch spricht, sagt uns, wir könnten jetzt unsere Notdurft verrichten gehen. Wir steigen aus. Désiré, mein kleiner Junge, wird gestoßen und rutscht aus. Ich stürze hinterher, um ihn aufzuheben, denn ich habe Angst vor der Menge, die sich zwängt und drängt und erbarmungslos über alle wegtrampelt, die hinfallen. Meine Hand ist blutbeschmiert, und ich wische Désiré mit der anderen das Gesicht ab. Seine Lippe ist verletzt, ein roter Fleck beschmutzt sein Hemd. Er sagt immer noch kein Wort, weint auch nicht, sondern zwinkert mir zu, um mich zu beruhigen. Nicaise beißt sich auf die Lippen und bekommt feuchte Augen. So sind meine beiden, immer leiden sie miteinander mit, so wie ich mit ihnen leide. Mein Blick fällt auf meine rote Hand, und ein Gedanke will mir nicht mehr aus dem Kopf: Schon jetzt fließt Blut. Blut. Krieg...

Es muß jetzt nach acht Uhr morgens sein. Ein grauer Tag, so fahl wie unsere Gesichter, bricht an. Die Erde ist weiß. Während der Fahrt im Lastwagen muß es geschneit haben.

Ich stelle mir diesen Tagesanfang vor, wie er gewesen wäre ohne diesen Alptraum: Ich ziehe die karierten Küchenvorhänge zurück, und ein unberührt weißer Park liegt vor meinen Augen. Die Äste biegen sich unter der Schneelast. Lächelnd gehe ich zur Kinderzimmertür und öffne sie. Ich hätte eine Überraschung für sie, sage ich und schiebe mit einem Ruck die Gardinen beiseite. Meine beiden hüpfen mit einem Satz aus dem Bett und sind auf den Beinen. Sie rennen zum Fenster und schreien vor Freude...

Hier beim Lastwagen habe ich gesehen, wie Nicaise ihren Bruder anstieß und ihn lächelnd auf den weißen Boden aufmerksam machte. Für sie ist der Schnee immer noch wie ein Zauber.

Ich weiß nicht, wo wir sind. Hinter uns haben noch etwa zehn weitere Lastwagen angehalten, und Leute steigen aus. Vor uns ein riesiges Gebäude, eine Art Halle mit großen Glasfenstern. Die Türen werden geöffnet. Überall um uns herum die Soldaten, die uns zum Eingang treiben. Die Kinder drängen sich an mich, und ich schmiege mich an sie. In der Vorhalle eine Wolke verschiedener Gerüche, menschliche und tierische: Urin, Sägespäne und Pferdemist. Wir befinden uns in einer Reithalle. Noch nie im Leben bin ich in einer Reithalle gewesen, aber ich weiß, daß es so etwas sein muß. Unter dem gelblichen Licht von Scheinwerfern ist eine Menschenmenge versammelt – einige sitzen, manche liegen, die meisten stehen, und viele sind eingenickt. Wie viele es wohl sein mögen? Wie viele wir wohl sein mögen, jetzt, da ich Teil dieses Trüppchens geworden bin? Mehrere hundert, scheint mir. Wir sind alle wie erschöpfte Pferde, und unser Atemdunst mischt sich in die eisigfeuchte und erstickende Luft im Raum.

Männer, Frauen und Kinder gibt es hier. Nicaise, Désiré und ich sind die einzigen Schwarzen in dieser Menge. Und wenn ich bisher nie besondere Aufmerksamkeit auf meine Hautfarbe verwendet habe, so denke ich seit heute morgen an nichts anderes mehr.

Weshalb bin ich verhaftet worden? Viele hier tragen einen gelben Stern an ihrer Kleidung. Eigentlich müßte ich dann auch einen tragen, aber keinen gelben, sondern einen schwarzen Stern. Solch ein Zeichen gibt es nicht, aber ich spüre, daß ich derselben Kategorie Mensch zugeordnet worden bin wie die anderen hier. Von nun an gehöre ich zu der uneindeutigen Gruppe, zu der Hitler unterschiedslos die Juden, die Slawen, die »Zigeuner« und die Schwarzen zählt.

In den vergangenen vier Kriegsjahren ist mir einiges zu Ohren gekommen – ob das wohl alles wahr ist? Ich habe gehört, daß die Deutschen schwarze Menschen ablehnen und daß sie in ihrem Haß alle Völker in einen Topf werfen. Schwarze Musiker aus den USA hatten in Paris Probleme mit den Deutschen bekommen, die – wie auch gewisse Franzosen – keinen Unterschied zu machen scheinen zwischen afro-amerikanischen Musikern, afrikanischen Soldaten der französischen Kolonialarmee und Martinikanern, die seit Jahrhunderten Franzosen sind wie ich und meine Kinder.

Beim Anblick der vielen Menschen hier, die sich in ein und derselben Notlage befinden, fange ich an, die Dinge mit Distanz zu betrachten wie eine Beobachterin. Das Wort *»Schande«* fällt mir wieder ein. Ein Begriff, den Hitlers Propaganda benutzte, *»Die schwarze Schande am Rhein«*. Diesen Ausdruck prägten die besiegten Deutschen nach dem Krieg von 1914/18, als ein Teil ihres Landes von französischen Soldaten besetzt worden war. Von französischen Soldaten schwarzer Hautfarbe. Warum hat Frankreich schwarze Soldaten zur Besetzung Deutschlands geschickt? Gibt es deutsche Schwarze? Ich habe noch nie davon gehört. Jedenfalls habe ich nur immer weiße deutsche Soldaten gesehen, seitdem Frankreich besetzt ist.

Ob es wohl schwarze Juden gibt? Eine Geschichte meiner Großmutter fällt mir wieder ein. Eine Liebesgeschichte, die von einem König der Juden, Salomon, und der Königin von Saba handelt. Aus ihrer Verbindung soll das Volk der Falaschas hervorgegangen sein. Stamme ich vielleicht von den Falaschas ab?

Also habe auch ich meinen Stern. Und das Gefühl, das er mir gibt, ist neu, aber nicht das der »Schande« oder der »schwarzen Schande«. Denn ich bin stolz auf die Sonne meines Landes, eine Sonne, wie sie die wenigsten hier kennen, und habe bisher nie weiter an meine Hautfarbe gedacht – sicherlich eine Frage des Zufalls, der Zeit, der Umstände und der Gewohnheit. Ein einziges Mal in meinem Leben war ich zutiefst unglücklich und verzweifelt wegen meiner Herkunft, und das war eine persönliche Geschichte. Doch ist es plötzlich meine Hautfarbe, aufgrund derer mir ein gemeinschaftliches Schicksal bevorsteht, obwohl ich hier die einzige meiner Art bin.

Auch die Kinder, die sich fester aneinanderklammern und an mich drängen, spüren unser Anderssein, da bin ich sicher. Ihnen dürften die Blicke der anderen hier kaum entgangen sein, die sie flüchtig streifen oder eindringlich mustern, oder die halblauten Bemerkungen und angedeuteten Fragen.

Offensichtlich sind wir selbst für unsere Leidensgenossen Außenstehende oder Eindringlinge, eine Anomalie, ein Irrtum. Und was ist mit der christlichen Hilfe in der Not? Hilfe im Kummer, in der Verzweiflung? Selbst hier in dieser Pferdehalle, wo wir alle nicht etwa wie verdächtige, feindliche, jüdische und schwarze Männer und Frauen behandelt werden, sondern wie Tiere, selbst hier bauen sich Trennungen, Abgrenzungen und Mißtrauen auf, stärker als sonst. Ich bin eine Antillerin, eine Martinikanerin, eine Frau aus den Kolonien, eine Negerin, eine Sklaventochter. Ich muß an meine Eltern denken, die mir fast über zwanzig Jahre beigebracht, gepredigt, eingetrichtert haben, die Sklaverei sei abgeschafft, vorbei und vergessen. Beinahe hätten sie so getan, als habe es sie nie gegeben ...

Die Atmosphäre der Ablehnung, der Neugier und sogar der Aggressivität ist hier wie mit Händen zu greifen. Und das

Außergewöhnliche ist, daß sie nicht etwa gegenüber den Deutschen zutage tritt, gegenüber den bewaffneten, erklärten Feinden. Sie bleibt unter uns: Jeder fixiert heimlich seinen unmittelbaren Nachbarn, jeder scheint zu glauben, er sei wegen seines Nachbarn hier, und jeder tut so, als kenne er seine Nachbarn nicht, als seien diese zwangsläufig kompromittierend. Jeder verleugnet jeden.

Doch es gibt auch Ausnahmen: Gerade sehe ich, wie ein alter Herr mit weißem Schnauzbart sich zu seiner Nachbarin neigt und ihr ein paar Worte zuflüstert. Ich habe ihn vorhin schon bemerkt, als er mit einer kleinen Bewegung versuchte, Désiré im Hinfallen zu halten, und weil er mich mit seinem Gesicht, seinem Bärtchen, seiner Goldrandbrille und dem Gehrock an eine Fotografie von Anatole France* in einem meiner Bücher erinnerte.

Bestimmt hat er gespürt, daß ich ihn anstarre, denn er dreht sich zu mir um und legt die paar Meter, die uns trennen, zurück. Endlich die Wärme eines Blicks, eines Wortes der Mitempfindung, die ich so nötig brauche wie wir alle hier: »Sie auch? Warum das? Das muß ein Irrtum sein. Hat sich der Kleine sehr weh getan?« Mit einer Kopfbewegung verneine ich. Und plötzlich stehen Tränen in meinen Augen. Die Not, die Anstrengung und die Niedergeschlagenheit.

Der alte Herr hat sich schon wieder entfernt. Was er mir gesagt hat, heißt doch auch, daß ich nicht so bin wie die anderen hier. Aber so wie er es gesagt hat, kann ich es gelten lassen. Ich habe ja nichts dagegen, schwarz zu sein. Ich will gar nichts anderes sein. Ich habe nur etwas dagegen, verachtet zu werden, und dagegen, daß meine Kinder verachtet werden, weil wir schwarz sind.

Mein aufsteigender Tränenstrom stockt plötzlich, als ein Schrei vom anderen Ende der Halle her ertönt. Eine Frau brüllt, von Panik ergriffen. Jemand ruft: »Einen Arzt, sie braucht einen Arzt!« Zwei Männer bewegen sich in ihre Richtung. Einer von ihnen ist der ältere Herr mit der Goldrandbrille.

Inzwischen habe ich mich hingesetzt. Doudou und Nicaise malen mit den bloßen Fingern Bilder in das Sägemehl am Boden. Schon will ich sie zurechtweisen wegen des Schmutzes – aber wozu? Wichtiger ist, daß sie vergessen können, was hier vorgeht, so lange wie irgend möglich.

Viele, die wie ich eben noch gesessen haben, stehen auf. Die großen Eingangstüren werden wieder aufgeschoben. Wie sollen wir das überstehen, wenn sie noch mehr Menschen hier hineindrängen?

Aber nein, ich höre Befehle auf deutsch. Wir sollen aufstehen und uns in Schlangen anstellen. Gemurmel, Fragen und schließlich eine Antwort: Wir bekommen etwas zu essen. Riesige Kübel mit Suppe werden hereingebracht. Kartoffeln, etwas Speck und viel Wasser, so scheint es. Diese Neuigkeit geht vom Eingang her wie eine Welle durch die Menge. Als ich aufgestanden bin, greife ich unwillkürlich zu einem Taschentuch, um meinen Kindern die Hände abzuwischen.

Alle müssen einzeln an der improvisierten Kantine vortreten. Wir haben Anspruch auf zwei Eßschüsseln: eine für die Nahrung, die andere für das Wasser und dann noch ein Stück Brot. Ein Soldat gibt Anweisungen auf deutsch. Die Frau vor mir dreht sich um: »Sagen Sie Ihren Kindern, sie sollen nicht alles hier aufessen. Wir werden bis zur Ankunft nichts mehr bekommen.« »Ankunft«, dieses Wort hört sich seltsam, zweifelhaft und gleichzeitig beruhigend an.

Verdanken wir das dem beginnenden Tageslicht draußen? Oder der Annehmlichkeit des Essens? Daß die Zungen sich endlich lösen, Empfindungen ausgedrückt werden und Fragen gestellt, als ob eine Art soziales Leben wiedererwachte. Dennoch, die Suppe sieht ziemlich wäßrig aus, die Kartoffeln sind fast zu Brei verkocht und das Brot ist ganz grau, ohne Geschmack und hart. Wenn ich da an unsere köstlichen antillischen *zacharies* denke …

Désiré und Nicaise sind immer noch ganz still. Und ich wage es nicht, unseren wortlosen Zusammenhalt, unsere

Verbundenheit zu stören. Was könnte ich ihnen auch antworten, wenn sie anfingen, mir Fragen zu stellen?

Die Lautstärke in der riesigen Halle hat allmählich zugenommen – Stimmengewirr, das Geklapper der Eßgeschirre, und zum erstenmal werden auch Proteste laut. Eine Gruppe von Männern hat zwei oder drei deutsche Soldaten beiseite gedrängt. Sie schimpfen nicht, aber sie befragen sie. Fragen, die wir uns alle stellen. Ich höre sogar: »Wir verlangen eine Antwort...«

Abrupt tritt Stille ein. Ein Offizier ist hereingekommen. Er sieht elegant aus in seiner gutgeschnittenen Uniform mit den frisch geputzten Stiefeln. Die Soldaten haben Haltung angenommen. Auch die Protestierenden stehen da ohne ein Wort, beinahe wie Befehlsempfänger. Alle Forderungen sind verflogen. Zum erstenmal sehe ich einen SS-Offizier aus der Nähe. Damit beginnt für mich der Krieg, an diesem Morgen, den 13. Dezember 1943, um 11 Uhr. Mir fällt die Küchenuhr zu Hause im Schloß ein. Heute morgen hätte ich sie wieder aufziehen müssen. Sie ist sicher stehengeblieben.

»*Ruhe!*« gibt der Offizier von sich.

Désiré und Nicaise pressen sich an mich. Doudou schiebt seine eiskalte Hand in meine, und ein Kälteschauer geht durch mich hindurch. Nicaise fängt an zu zittern und schmiegt sich an meinen Wollrock. Ich nehme meinen Schal ab und wickle meine Tochter darin ein. Sie weicht meinem Blick aus.

Wie kann ich meine Empfindungen in diesem Moment anders ausdrücken als in einem Bild. Dem Bild vom langen Arm des Schicksals, das seine Hand gegen uns erhoben hat. Und mein Blick fällt unwillkürlich auf die lederbehandschuhte Hand des Offiziers. Welches Schicksal?

Aber immer noch habe ich Hoffnung im Herzen, und der alte Arzt hat ihr Ausdruck verliehen: Meine Kinder und ich sind nicht jüdisch. Alles war nur ein Irrtum. Sie werden es überprüfen. Ich habe so oft gehört, daß die Deutschen peinlich genau sein sollen. Dann werden sie sehen, daß ich eine harmlose Martinikanerin von fünfundzwanzig Jahren bin, halb Studentin, halb Hausangestellte, die mit ihren Kindern in der Nähe von Bordeaux lebt.

Aber man kann doch auch nicht einfach alle Juden und diejenigen, die bei ihnen arbeiten, verhaften. Was will man denn mit all den Menschen machen? So große Gefängnisse gibt es ja gar nicht! Und außerdem sitzen dort schon die Diebe, Mörder und Verbrecher... Wozu sich eine Frau und zwei Kinder schnappen? Man muß uns freilassen... Wohin werden wir jetzt noch fahren? Was werden wir machen? Was wird aus den anderen, von denen wir getrennt wurden? Ich verschiebe diese Fragen auf später.

Der Offizier geht an mir vorbei, sieht mich scharf an und mustert dann meine Kinder. Ein schwaches Lächeln erscheint auf seinem Gesicht. Ich will zu einer Frage ansetzen, aber dieses seltsame Lächeln macht es mir unmöglich, auch nur einen Ton herauszubringen. Jetzt ist nicht der Moment dazu. Später, später...

Die Soldaten fangen an, uns zu zählen, so gelassen, systematisch und scheinbar ohne sich zu irren, als sei es ihre tägliche Routinearbeit. Dann ertönen von neuem kurze Befehle. Etwa fünfzig Bewaffnete kommen in die Halle, umstellen uns und treiben uns brutal zum Ausgang. *»Raus! Schnell, schnell! In den Zug!«*

Der Anblick draußen erschreckt mich richtig. Eine wuchtige Lokomotive mit unzähligen Reisewaggons steht etwa zwanzig oder dreißig Meter von der Reithalle entfernt unter Dampf. Auf Schienen, die ich bei der Ankunft nicht gesehen hatte. Es ist ein sonderbares Schauspiel, das sich da bietet: die flache verschneite und nebelverhangene Ackerlandschaft ringsum, dann wir, zu Hunderten aus Nasen und Mündern dunstend wie diese Lokomotive, die aus dem Nichts heraus so dasteht – ohne Bahnhof, ohne Bahnsteig, ohne Schalter.

Wir müssen einige Meter durch den Schnee am Zug entlanggehen, bis befohlen wird, einzusteigen. So geht es vor uns los. Meine Kinder machen kleine Fäuste, sie frieren an den Händen. Wir haben die Handschuhe vergessen. Hinter dem Nebeldunst muß die Sonne scheinen, denn er schimmert schwach gold-gelblich. Désiré und Nicaise rutschen ein bißchen in dem festgetretenen Schnee. Zum Glück haben sie ihre Stiefel an. Wir alle bewegen uns mit gemessenen, möglichst genauen Schritten, doch mehr wegen unserer Unsicherheit als aufgrund des Schnees. Etwas Berührendes geht von diesen sich bewegenden Reihen aus, ein Gefühl von Gemeinschaft, das in einer reglosen, eingekreisten Menge nie aufkommen kann. Trotz der Koffer, Bündel, Taschen und all der Dinge, die ihren Schritt verlangsamen, sehen diese Frauen und Männer nicht wie Reisende aus.

Ich selbst habe nur eine Stofftasche dabei, die mich nicht weiter belastet. Ich weiß nicht einmal mehr, was darin ist, so sehr ist sie ein Teil von mir. Nur kann ich wegen der Tasche nicht meine beiden Kinder an die Hand nehmen. Daran werde ich brüsk durch Nicaise erinnert: Sie ist mit dem Fuß im Schal hängengeblieben und der Länge nach hingefallen. Désiré und ich beeilen uns, sie aufzuheben. Ihr Gesicht ist weiß vom Schnee. Doudou wischt es ihr liebevoll ab und bückt sich lachend nach unten. Er greift eine Handvoll Schnee, die er sich ins Gesicht tupft. »Guck mal, Mama, ich bin ganz weiß!«

Dieses Spiel macht mir angst und bestätigt mich andererseits. Mir ist nicht nach Scherzen zumute, aber ich sage mir, Désiré, so klein er auch sein mag, hat begriffen, weshalb wir hier sind, und versucht auf seine Art, dem Schicksal zu entkommen.

Das Lachen von Nicaise versetzt mich in diesem Augenblick in meine eigene Kindheit bei den Hügeln von Saint-Pierre zurück. Und eine plötzlich reißende Sehnsucht nach zu Hause läßt mich beinahe laut aufschreien. Zum Glück ist das nur ein Augenblick, niemand hat etwas bemerkt. Ich trockne den Kindern das kalte Schneewasser von ihren Gesichtern ab, und wir gehen weiter.

Ob es nicht besser ist, einfach immer weiterzulaufen, oder sollen wir sofort in den Zug steigen? Meine Gedanken überschlagen sich. Vielleicht aufgrund der Müdigkeit oder der Absurdität, der Brutalität dessen, was uns zugestoßen ist. Bilder prallen aufeinander: der Schnee, der Nebel und meine Sonne zu Hause, das Gesicht meines Vaters, die Gesichter meiner Zwillinge. Warum bin ich überhaupt in Frankreich? Meine Insel scheint mir unerreichbar weit weg und geschützt. Niemals hätte dieser endlos lange Zug mich dort holen können. Die Situation ist absurd. Ein heftiger Wunsch ergreift mich: Flucht! Davonlaufen und zurückkehren, zur Sonne, nach Martinique. Am liebsten würde ich sofort aus der Reihe treten, ohne zu fragen oder mich umzusehen, und weggehen. Weil ich hier einfach nichts zu suchen habe, ich habe keinen Zug zu besteigen.

Aber da sind die Soldaten, ihre Gesichter, ihre Blicke, die an allen vorbeisehen, ihre seltsamen Kappen und ihre schwarzen Patronentaschen. Da sind vor allem die beiden Kinder, die ich als mein persönliches Abenteuer betrachte und die keine weiteren Abenteuer erlauben.

An diesem Zug hier gibt es weder Gedränge und zu spät Kommende noch Gerangel. Wie gerne würde ich mich in meine Träume und Erinnerungen zurückziehen, doch jetzt heißt es *»Einsteigen!«*, jetzt sind wir dran. Ich klettere als erste auf das Trittbrett und helfe Désiré und Nicaise hinauf. Als sie ihre Arme nach mir ausstrecken, fällt mir meine Mutter ein. »Mama, du fehlst mir ...« Was sie jetzt gerade wohl macht? Warum ist sie nicht da und hält mir ihre Arme entgegen?

Im Gang müssen wir abwarten, bis die anderen sich hingesetzt haben. Ich achte sehr auf die Ellbogen und die Kofferecken, die so dicht an den Gesichtern meiner beiden Kleinen vorbeigleiten. Victoire, meine Mutter, wo bist du nur! Seit fünf Monaten habe ich nichts mehr von ihr gehört. Bestimmt hungert sie auch. Selbst wenn es bei ihnen zu Hause keine Soldaten gibt, die Menschen in einen Zug hineinstoßen, den

Krieg werden sie dort auch spüren. Und hungern. Im Krieg wird getötet, gestorben, gelitten. Frankreich ist im Krieg, und Martinique ist es auch. Aber ich hatte keine Ahnung, daß Krieg bedeuten könnte, in einen Zug einsteigen zu müssen und eine Reise ins Ungewisse anzutreten.

»Tür zu. Schnell!«

Ein Pfiff ertönt, durchdringend und gleichzeitig nicht zu vergleichen mit den Abpfiffen, die ich sonst von Reisen her kenne. Langsam setzt sich der Zug in Bewegung und gewinnt allmählich an Geschwindigkeit. Wir stehen noch im Gang, wir haben keine Fahrkarte, doch es scheint, als seien uns allen unsere Plätze im voraus bestimmt.

3

Transit

»Mama, ich habe Hunger!« – »Ich auch, Mama, ich auch!«

Diese Sätze reißen mich aus meiner Benommenheit. Zwei alltägliche Sätze, die gestern noch fröhlich und vertraut klangen, aber heute tragisch sind. Sie stechen mir ins Herz wie tausend kleine Nadeln. Die Puppen der *Vodou*-Rituale fallen mir ein – von unzähligen Nadeln durchstochen, zerstückelt und gekreuzigt durch den Willen des Bösen. Abgesehen von den Brothappen, die ich von der Morgenration aufgespart habe, kann ich mich nicht erinnern, etwas zu essen eingesteckt zu haben. Ich werde meine Tasche durchsuchen, die unter der Bank, auf der wir uns zu dritt drängen, verstaut ist. Ich kann nicht vor aller Augen auspacken, womöglich allen im Abteil etwas anbieten. Aber denjenigen, die nichts mitgenommen haben, meine eventuellen Reichtümer vorzeigen und für mich behalten? Ob ich zu den Toiletten gehe? Aber wie will ich je meinen Sitzplatz wiederbekommen? Man würde die Gelegenheit nutzen und die Kinder aufscheuchen. Außerdem zieht ein unglaublicher Uringestank durch den Gang bis zu uns hierher. Die Toiletten müssen ununterbrochen besetzt sein.

Tastend öffne ich die Tasche unter der Bank, hinter meinen Beinen, und hole das Brot von heute morgen heraus, das obenauf liegt. Dann noch ein paar kostbare Stückchen Schokolade. Wie durch ein Wunder sind sie da, ich spüre sie zwischen meinen Fingern. Ich sage den Kindern, sie sollen langsam kauen. Die Schokolade schmilzt schnell in ihren Händen, und sie lecken sich gegenseitig die Finger ab. Unzählige Augenpaare beobachten die beiden, scheint mir.

Mit Beginn dieses Nachmittags wendet sich jeder wieder den eigenen Angelegenheiten zu. Einige lesen, andere stricken, schlafen oder teilen sich wie wir ein Stück Brot, ein paar Plätzchen oder sonst eine Süßigkeit, schweigend oder im Gespräch.

Wären wir nicht so eng zusammengedrängt, würde dieser Zug beinahe wie ein normaler Reisezug wirken. Doch er ist zum Bersten voll, unter Mißachtung der Menschenwürde und auch jeglicher Sicherheitsvorkehrungen.

Ein älterer Mann mir gegenüber holt jede Viertelstunde seine Uhr aus der Westentasche und prüft die Uhrzeit, um sich sofort wieder seiner Lektüre zuzuwenden. Er erinnert mich an Victor Schoelcher*, den Befreier der Antillen. Mein Vater hegte große Bewunderung für den Elsässer, der die Sklaverei abgeschafft hatte. Nur wenn er auf Schoelcher zu sprechen kam, erwähnte er auch die verbotene Vergangenheit. Er erzählte, Großvater habe ihn noch persönlich gekannt. Sein Name tauchte in unserem Geschichtsbuch auf, gefolgt von ein paar kurzen Zeilen über sein Leben. Über die Sklaverei schwiegen sich die Schulbücher aus. Warum? So wie mein Vater schwieg auch meine Mutter darüber oder versuchte, das Gespräch in eine andere Richtung zu lenken, sobald es aufkam. Nur meine Großeltern, die Eltern meiner Mutter, erzählten mir etwas auf kreolisch aus dieser Zeit der Antillen. Mein Vater wollte das Leben, die Zukunft auf seine Art betrachten und verbessern. Seine Zukunft lag in seiner Tochter, in mir. »Heirate, wen du willst, Sidonie, aber bring mir keinen Neger oder Kuli, sonst betrittst du mein Haus nicht mehr. Vergiß nicht, es ist noch nicht so lange her, daß wir aus dieser verdammten Sklavenzeit heraus sind. Und deine Kinder sollen es einmal leichter haben als wir. Sie sollten hellere Hautfarbe und richtige Bildung haben. Einen Franzosen aus Frankreich oder einen Hellhäutigen, das brauchst du! Mit so einem wirst du glücklicher, das wirst du selbst auch noch merken. Und deine Kinder werden dann auch hübscher und gescheiter. Aber komm mir nicht zurück, ohne verheiratet zu sein, und zwar mit einem Hellen.« Aber damals war ich noch jung und begriff nichts von seinen Argumenten.

Das kam erst nach und nach. Mein Vater hieß Socrate Coulange, und er hatte Adlige in seiner Ahnenreihe. Das »von« wurde aus seinem Nachnamen herausgetrennt, weil er zu einem Achtel schwarz war. So war aus Socrate de Coulange in den Geburtsregistern Socrate Coulange geworden. Damals konnte kein Kind, das aus einer Ehe zwischen französischen Adligen und Schwarzen hervorgegangen war, Titel oder irgendwelche Güter beanspruchen.

Ich höre noch die geliebte sanfte Stimme meiner Mutter Victoire von meiner Geburt erzählen: »Als du zur Welt kamst...« Und dann die Geschichten von früher, vor meiner Geburt. Ich bin am Ende des Ersten Weltkriegs geboren, an einem Weihnachtstag. Die Stadt Saint-Pierre, die sechzehn Jahre zuvor von dem Vulkan *La Pélée* in Schutt und Asche gesenkt worden war, hatte sich gerade wieder aus ihren Ruinen erhoben.

Mein Vater war mit seiner Rückkehr aus Verdun ein anderer geworden. Er hatte seinen Bruder Thémistocle sterben sehen, und er selbst hatte ein Bein verloren. Verdun war für ihn das schrecklichste, und nur die Liebe Victoires konnte ihn, wie er sagte, diese Schlächterei Seite an Seite mit den senegalesischen Scharfschützen vergessen lassen.

Als mein Vater Socrate offiziell Victoire, meine Mutter, in seinen Haushalt aufnahm, gab es allerhand Klatsch und Tratsch. Bald nach meiner Geburt wurde meine Mutter von neuem schwanger mit meinem Bruder Rémy, und wir beide bekamen den Namen unserer Mutter: Hellénon. Später ging sie in den Haushalt der Dubreuils, für die sie Feinstickereien herstellte. Monsieur und Madame Dubreuil stammten aus reichen französischen Familien und lebten damals seit über zehn Jahren in Saint-Pierre. Sie hatten auch in Bordeaux und in Louisiana noch Besitztümer, doch Martinique gehörte ihre ganze Liebe. Die Jahre gingen dahin, und sie zogen mich auf wie ihr eigenes Kind. Man sagte mir schon früh eine besondere Intelligenz nach. Alles schien mir zu gelingen, und durch den Umgang mit den Dubreuils wurde ich ein richtiges Fräulein der guten Gesellschaft von Saint-Pierre.

Virginie Dubreuil wußte damals schon sicher, daß sie keine eigenen Kinder bekommen konnte, und wollte mich adoptieren. Aber meine Mutter hat das immer abgelehnt.

So bin ich ein ernsthaftes und früh umworbenes junges Mädchen geworden. Mein Traum war, Arzt zu werden wie Monsieur Dubreuil. Mit siebzehn war ich eine der jüngsten Abiturientinnen der Insel.

Die Krankheit Virginie Dubreuils, ein Herzleiden, und mein Schulerfolg beschleunigten den Entschluß der Familie, nach Frankreich zurückzugehen. Auf Martinique gab es keine medizinische Fakultät. Ich sollte zuerst mein Krankenschwesterndiplom machen und mich währenddessen an die französische Großstadt gewöhnen und nachdenken können, bevor ich mich in mein Traumstudium stürzte. So wurde alles vorbereitet.

Im Jahr 1936 fuhr dann das riesige Linienschiff *Saint-Pierre* mit den Träumen, der Zukunft, den kreolischen Möbeln und den miteinander verknüpften Leben von Monsieur und Madame Dubreuil und Mademoiselle Sidonie Hellénon auf und davon.

Vier Menschen stehen am Kai, wo es nach gerösteten Erdnüssen, gesalzenem Stockfisch und nach Teer riecht, um mich zu verabschieden. Rémy, der besonders an Madame Dubreuil hing, weil er ihr immer Gedichte vorlas, hat es trotz seiner Liebe zu ihr und zu mir vorgezogen, bei der Mutter in Saint-Pierre zu bleiben. Nun wird er ihr vorlesen.

Meine Mutter trägt ihren Sonntagsstaat – ein großartiges Kleid und den passenden Madras dazu. Sie kommt auf mich zu mit einer kleinen Schachtel in der Hand, in der sich ein einziges Schmuckstück befindet. Es ist eine Sklavenkette aus Guayana, in Gelbgold. Sie legt sie mir um den Hals: »Das ist der einzige Schmuck, der mir etwas bedeutet. Er hat meinem Vater gehört, und ich hab diese Kette immer gut aufbewahrt. Behalt sie, sie soll dir Glück bringen, solange du von uns fort bist. Paß gut auf dich auf da drüben, lerne fleißig und denk dran: Glücklich wirst du nur mit einem Hellhäutigen, am besten einem wie Monsieur Dubreuil.«

Auch Tatine, Mutters jüngere Schwester, die eigentlich Marie-Louise heißt, ist gekommen. Sie wird Victoire trösten, wenn die *Saint-Pierre* ablegt. Und dann noch ein blasser junger Mann von etwa fünfundzwanzig Jahren, den alle sofort erkannt haben. Es ist mein Halbbruder Arnaud, eins von fünf Kindern, die mein Vater aus einer ersten Ehe hatte.

Arnaud hat es seinem Vater nie verziehen, daß er ihn und die vier Geschwister verließ und sie damit dem Gespött preisgab. Alle sind erstaunt über sein Erscheinen hier. Mit einem Mal tritt er zwischen Victoire und mich und spuckt mir ins Gesicht: »Sie können von Glück sagen, daß Sie Ihre Mutter noch haben. Meine ist vor Kummer gestorben bei Ihrer Geburt! Und jetzt fahren Sie auch noch nach Frankreich zum Studium! Vielleicht heiraten Sie sogar! Aber ich, so wahr ich Arnaud Coulange heiße, ich werde Sie eines Tages vernichten! Sie und die ganze Hellénon-Sippe!« Und er lachte laut und schrecklich, dann rannte er davon.

Warum muß ich gerade jetzt wieder an diese Geschichte denken, wo ich so weit weg von zu Hause irgendwo in einem Zug sitze, der mich Gott weiß wohin bringt? Warum hat sich mir diese Szene so tief eingeprägt? Das weiße Schiff leuchtete im Sonnenschein, es war heiß, und die Taschentücher wurden beim Ablegen geschwenkt, es wurde geweint und gesungen: »Adieu foulards, adieu madras ...«

Das tiefblaue Meer vermischte sich mit dem azurblauen Himmel. Gleichzeitig mischte sich in meinem Herzen etwas anderes: Glück und Trauer ... Aber all das scheint von nun an zu einem völlig anderen Leben zu gehören. Was ist nicht alles passiert seitdem! Die Liebe, meine Kinder, mein unterbrochenes Studium ...

Jetzt habe ich zwei schwarze Kinder, selbst wenn sie hellhäutiger sind als ich, und sie fangen an zu schwitzen in diesem Abteil, in dem wir fast ersticken. Auf Martinique gibt es keine Sklaverei mehr, und ich selbst bin nie eine Sklavin gewesen. Aber was sind wir hier in diesem Zug eigentlich? Etwa Vieh?

Wir sind Gefangene. Zum erstenmal kommt mir dieses Wort zu Bewußtsein. Gefangene. Es ist das Wort, das sich aufdrängt seit heute nacht. Wir haben nicht gekämpft, und trotzdem sind wir Kriegsgefangene, eingesperrt, eingeschüchtert und bewacht von wirklichen Soldaten, die wirkliche Gewehre in Händen halten.

Nicaise und Désiré haben ihre Mäntel und Pullover ausgezogen, weil ihnen zu heiß ist. Da sitzen sie nun in ihren Hemdchen, und mir gefällt es nicht, daß die anderen sie so sehen können. Ich möchte ihre nackte Haut diesen neugierigen Blicken nicht aussetzen. Nicht etwa aus dem Gefühl, wir seien die »schwarze Schande«, sondern einfach aus Anstand. Und ich will nicht, daß sie sich erkälten. Es ist warm im Abteil, weil wir so viele sind, aber der Zug ist nicht geheizt. Wie alle Kinder auf Reisen suchen sie jetzt eine Beschäftigung, irgend etwas, womit sie meine Aufmerksamkeit auf sich lenken können. Als ob die ihnen nicht schon ganz und gar gehörte!

»Mama, du bist ganz verstrubbelt. Dürfen wir dir die Zöpfe neu flechten?« Sie spielen beide gerne mit meinem Haar, und sonst habe ich auch nichts dagegen. Aber hier möchte ich eigentlich genausowenig mein Haar zur Schau stellen wie vorhin ihre nackten Ärmchen. Trotzdem, ich kann ihnen auch nicht alles verbieten. Also lasse ich sie. Im Augenblick ist meine Frisur die geringste meiner Sorgen, und der schnell mit vier Nadeln zusammengesteckte Knoten hat sowieso dieser Nacht, dieser Reise und der Erschütterung unseres Lebens nicht standgehalten.

Seit meinem achten Lebensjahr wird mein Haar von allen bewundert. Als Kind und junges Mädchen hat es mir so manches Kompliment eingetragen, das mir gefiel, aber auch heftigen Neid. Bevor ich Mutter wurde, trug ich einen dicken Zopf. Jetzt teile ich mein geöffnetes Haar sorgsam in zwei gleich große Hälften: eine für Nicaise, die andere für Désiré. Ihre beiden kleinen Gesichter kommen näher, und ich betrachte abwechselnd ihre großen lebhaften Augen unter dichten geschwungenen schwarzen Wimpern. Freude strahlt mir aus diesen Augenpaaren entgegen, und dafür würde ich alles tun. Sie lächeln, daß man die Zähne sehen kann. Désiré hat in den letzten Tagen einen Milchzahn verloren, und Nicaise hat immer noch die garstige Lücke zwischen den vorderen Schneidezähnen. So ist das in diesem Alter.

»Fertig, Mama, ich bin schon fertig!« ruft sie aus. Sie ist in allem schneller und ungeduldiger als ihr Zwillingsbruder. Désiré wirkt empfindlicher, bedächtiger und vor allem schüchterner.

Ich drücke beide ganz fest an mich und küsse sie nacheinander mit so viel Innigkeit, daß sie mich beunruhigt anschauen. Vielleicht erinnert diese Geste zu sehr an einen großen Abschied. Doch sie bleiben an mich gelehnt, und bald werden sie fast gleichzeitig ganz schwer. Sie sind eingeschlafen.

Kurz darauf mache ich mir ihren Schlaf zunutze, um meine Arme zu befreien, meine beiden Zöpfe hochzuwinden und festzustecken.

»Ich ersticke, ich brauche frische Luft!«

Eine Schwangere steht nach Luft schnappend auf und bahnt sich einen Weg zwischen den Bänken zum Fenster. Ein Mann erhebt sich, um das Fenster zu öffnen, und zehn Leute tun es ihm nach, damit sie für einen Augenblick die Nase in den eiskalten abendlichen Wind halten können. Dieser Luftzug bringt mir mit einem Mal die unerträglichen Gerüche und die drückende Hitze im Abteil zu Bewußtsein. Doch da kommt ein Soldat und brüllt irgend etwas. Das Fenster wird wieder geschlossen. Die schwangere Frau setzt sich wieder auf ihren Platz.

Von neuem sind wir in dieser Falle aus Urin- und Schweißgerüchen. Ich müßte dringend zur Toilette, aber ich kann die Kinder nicht alleine hier sitzen lassen. In diesem Wagen herrscht eine seltsame Stimmung, eine Anspannung, die ansteigt und nachläßt und beim kleinsten Aufschluchzen oder der geringsten Klage zu explodieren droht.

Viele um mich herum lesen ein Buch, meistens einen Roman. Ich habe die Bibel in meiner Tasche. Ich erinnere mich, wie ich sie beinahe mechanisch aus der Nachttischschublade genommen habe. Doch wie könnte ich mich hier auf eine Lektüre konzentrieren? Das Buch, das ich gerade lese, ist zu Hause geblieben. Es ist ein Roman über Joséphine und Napoléon, den mir meine Mutter vor mehr als sieben Jahren, als ich mich für die Abreise fertigmachte, in die Hand drückte und den ich vor kurzem wiedergefunden habe. Vielleicht werde ich ihn nie zu Ende lesen.

Auch die mir teuersten Güter liegen noch zu Hause: drei Bündel Briefe. Die Liebesbriefe von Jean, zusammengehalten von einem roten Band, dann die zärtlichen Briefe meiner Mutter im blauen Band und die wenigen Briefe meines Vaters, die ich in Weiß zusammengebunden habe – alle drei Farben der Tricolore, die mir viel bedeutet. Es fehlen nur die Briefe, die ich an meine Lieben geschickt habe. Sie sind mir Wort für Wort gegenwärtig. Ob ich sie eines Tages einmal wieder zu lesen bekommen werde?

Dezember 1936

Liebe Mama Victoire,
ich fange an, mich an mein neues Leben im unbekannten Bordeaux zu gewöhnen. Gestern, am Weihnachtsabend, sind wir zur Mitternachtsmesse gegangen. Ich habe für Dich und meinen kleinen Bruder Rémy gebetet. Wie geht es ihm? Madame

Dubreuil freut sich immer sehr, wenn sie einen Brief von ihm bekommt.
Der Dom von Bordeaux ist wunderschön, aber unseren in Saint-Pierre finde ich viel schöner. Die Mitternachtsmesse wurde von Monsignore... gelesen, und es gab gregorianische Gesänge, die ich nicht kannte. Mich begleiten die Lieder, die ich im Konvent von Saint-Pierre gelernt habe.
Die Altstadt von Bordeaux mit ihrem Kopfsteinpflaster erinnert mich an die Gassen von Saint-Pierre. Es gibt hier sogar ein Theater, das ähnlich aussieht wie unser Stadttheater. Auf der ersten Ansichtskarte, die ich Dir geschickt habe, ist es abgebildet! Beide Theater sollen von demselben Architekten gebaut worden sein, und ich habe gehört, daß die Leute von hier unser Theater in Saint-Pierre das »kleine Rotkäppchen« nennen.
Aber die Gegend ist regnerisch und kalt. Die meiste Zeit über friere ich. Man ist sehr höflich und nett zu mir. Dank der Großzügigkeit von Monsieur Dubreuil und der Liebenswürdigkeit seiner Frau langweile ich mich keine Sekunde. Sie tun alles, um mich unter junge Leute zu bringen. Aber zur Zeit konzentriere ich mich lieber auf mein Lernen.
Auf der Schwesternschule sind außer mir noch eine Guadelouperin und zwei Afrikanerinnen, doch ich suche ihre Bekanntschaft nicht, das würde Papa bestimmt nicht gefallen.
Ihr alle fehlt mir sehr.
In Liebe, Nini

Januar 1937

Mein kleiner Rémy,
die Dubreuils und ich, wir denken oft an Dich. Madame Dubreuil vermißt Deine Stimme sehr und Deine schönen Gedichte, wie früher in Saint-Pierre.
Jetzt ersetze ich Dich, so gut ich kann... Sie ist sehr krank, nicht nur am Herzen. Ich glaube, es steht schlimm um sie.

Gestern war Blut in dem Spitzentaschentuch, das Mama für sie gemacht hat. Sie muß etwas an der Lunge haben, ihr Mann wird immer schweigsamer. Fast jeden Abend muß ich zur Apotheke für Madame Dubreuil. Der Apotheker ist ein schöner junger Mann, und er schaut mich immer an. Aber bitte, sag Mama nichts davon.
Ich schicke Dir französische Schokolade und eine Schallplatte von einer jungen Frau, die jetzt ganz oft auf TSF zu hören ist. Sie heißt Joséphine Baker*. Sie ist sehr groß und schön, aber sie tanzt nackt, nur mit Bananen um den Hüften. Die Pariser umjubeln sie. Was mich betrifft, ich höre sie am liebsten im Radio singen, aber die Fotos von ihr in den Zeitungen lehne ich ab.
Morgen schreibe ich Dir noch mehr, jetzt ist Teestunde bei Madame Dubreuil.

Zum Glück kann ich viele dieser Briefe noch beinahe vollständig auswendig, wie Gedichte.

Auch ein Gedichtheft ist zu Hause geblieben, zusammen mit dem Buch von Saint-John Perse*, *Merveilleuses Antilles*. Außer meiner Bibel habe ich in der Reisetasche nur noch ein ganz banales, in schwarzes Kunstleder gebundenes Notizheftchen – um so nichtssagender, als es noch ganz unbeschrieben ist. Ob ich noch die Zeit, die Muße und Lust haben werde, es vollzuschreiben? Nun habe ich hier mit dem kleinen Stift, der darin liegt, schon etwas eingetragen, um mich zu beschäftigen …

In diesem Zug verbringe ich viel Zeit isoliert von der Umgebung und ganz auf mich zurückgezogen. Dann wieder beobachte ich hier und da die Mitreisenden, oder ich versinke in die Betrachtung meiner beiden Kinder. Ihre Gesichtszüge sind in mich eingraviert, eingeschrieben. Bald betrachte ich sie mit offenen, bald mit geschlossenen Augen. Désiré, den ich auch zärtlich Doudou, Süß-süß, nenne, ist nicht nur Zwilling seiner

Schwester Nicaise, sondern auch meines Herzens. Er ähnelt sehr seinem Vater. Unter seinen braunen Lidern strahlen große, fragende blaue Augen, er hat eine hohe, beinahe überhohe Stirn, schöne hohe Wangenknochen und große fleischige Lippen. Sein Knochenbau ist fein und gelenkig, und er ist sehr schüchtern, was ihm später gewiß noch oft als Arroganz ausgelegt werden wird. Wer würde glauben, daß Nicaise seine Zwillingsschwester ist? Sie sieht etwas älter aus und ähnelt mehr meiner Mutter, deren kaffeebohnenfarbene Haut sie auch hat. Ihre Nase ist fein und hat fast den Schwung einer Adlernase, ihre Lippen sind schmal. Am schönsten finde ich ihre Augenfarbe: gleichzeitig braun, bernstein und ins Orange übergehend. Dieser Goldton gibt ihr einen gleichzeitig lebhaften und romantischen Blick. Ihr kräftiger Körper und ihre Reaktionsschnelligkeit haben mich immer bestärkt, ohne daß ich sagen könnte, warum. Selbst in diesem schrecklichen Zug hier strömen die beiden über vor Liebe und Gesundheit. Was mich angeht, ich ströme über vor Angst und Beunruhigung, aber das sollen sie nicht merken.

Ich öffne gerade wieder die Augen, da sehe ich, wie eine junge, ziemlich braunhäutige Frau mich betrachtet. Sie mag vielleicht Mitte Zwanzig sein. Seit Stunden steht sie im Gang, ohne sich zu rühren und ohne mit jemandem zu sprechen, nicht weit von mir entfernt. Ihr von braunen Locken umrahmtes Gesicht ist ehrlich und offen. Ich glaube, in normalen Zeiten ist es ein fröhliches Gesicht. Sie trägt eine kleine runde Brille mit Schildpatt, die ihr gut steht. Dahinter zwei große blaue Mandelaugen. Von ihrem Blick und den schönen, scharf geschnittenen Lippen geht eine Art kindlicher Frohsinn aus. Trotz ihrer geringen Körpergröße und des lebhaften, leichten Blicks strahlt sie Sicherheit und Souveränität aus. Sie verkörpert das Leben, ein Leben, das nicht an sich zweifelt.

Als ich meinen Blick auf die Kinder richte, spüre ich die sanfte Berührung einer Haarlocke an meiner Stirn. Die junge Frau hat sich zu mir heruntergebeugt und sagt leise: »Wenn Sie aufstehen wollen und sich bewegen, übernehme ich Ihren Platz für die paar Minuten und passe solange auf die Kinder auf.« Sie schweigt einen Moment, lächelt und fährt fort: »Ich bin es gewöhnt, wissen Sie. Ich bin Lehrerin. Ich heiße Suzanne.«

Sie sagt das, um mich zu beruhigen. Als ob sie geahnt hätte, daß ich trotz des Wohlwollens, der Hilfsbereitschaft und des Mitempfindens, die ich bei ihr gespürt habe, noch zögere, meine Kinder einer Unbekannten anzuvertrauen. Aber schon ist sie keine ganz Unbekannte mehr. Sie muß bemerkt haben, daß ich es auf meinem Sitzplatz kaum noch aushalte. »Mein Name ist Sidonie. Die beiden heißen Nicaise und Désiré. Wenn sie aufwachen, bitte erklären Sie ihnen, daß ich gleich zurückkomme. Ich möchte nicht, daß sie Angst bekommen. Wissen Sie, wo die Toiletten sind?«

»Ja, o weh, zuerst geradeaus, da durch und dann links.«

Mehr schlecht als recht gelingt es mir, dieses Menschenmeer zu durchqueren. Ich steige über Taschen, Koffer, Erwachsene und auch Kinder, die sich auf den Fußboden gelegt haben. Beim kleinsten Rucken des Zuges muß ich mich an Armen oder Kleidungsstücken festhalten, denn sobald ich jemandem auf den Fuß oder die Hand trete, hagelt es Puffer und Stöße.

Man gibt zurück, wehrt sich, entweder ganz ohne mich anzusehen oder mit nachdrücklichen Blicken. Diese menschliche Masse ist kompakt, feucht und einförmig, und sie ist beinahe solidarisch auf der körperlichen Ebene, jedoch nicht auf der moralischen. Ich brauche eine gute Viertelstunde, um den Gang hinter mich zu bringen. Und das Schwerste habe ich vor mir: Zu zehnt stehen wir in der Warteschlange.

Es ist schrecklich, denn der Gestank, der den ganzen Zug verpestet, kommt von hier. Vor mir ein junges Mädchen von vielleicht fünfzehn Jahren. Sie ist sehr blaß, ja fast grün im Gesicht. Die junge Schwangere von vorhin stellt sich hinter mir an. Ohne lange zu überlegen, trete ich ihr meinen schwer erkämpften Platz ab. Sie sagt, sie habe starke Schmerzen in den Leisten und im Bauch.

Von allen Seiten kann ich kleine Kinder schreien hören. Ich lausche auf die Stimmen meiner beiden, doch von ihnen ist nichts zu vernehmen. Diese Menschenmenge hier ist zu bedauern, sie leidet Mangel an Lebensnotwendigem: etwas frischer Luft, ein wenig Sauerstoff.

Den Soldaten ist das alles egal. Sie zählen und zählen, können gar nicht damit aufhören.

Je näher ich den Toiletten komme, desto mehr rieche ich diesen penetranten Gestank. Wenn ich daran denke, daß ich früher oder später mit den Kindern hierher muß!

Die schwangere Frau kommt heraus, jetzt bin ich dran. Sie drückt mir im Vorbeigehen etwas Raschelndes in die Hand, auf das ich unauffällig hinunterschaue: ein Stück Papier. Auf diese Art dankt sie mir dafür, daß ich ihr meinen Platz überlassen habe.

Als ich eintrete, begreife ich Suzannes »o weh« vorhin, denn was ich da sehen und riechen muß, ist einfach unerträglich. Ich kann meine Tränen nicht mehr zurückhalten, sie rinnen mir über die Wangen. Der Fluß meiner Kindheit erscheint vor meinen Augen, die *Roxelane* und ihre klaren Fluten, die von Guaven- und Quenettebäumen überschattet werden, am Fuß des heiligen Berges *La Pélée*. Ob es dich noch gibt, *Roxelane*? Oder bist du längst von dem feuerspeienden Monstrum *La Pélée* verdampft worden? Und ich, was ist mit mir? Gibt es mich denn noch? Bin ich noch eine Frau? Wie heißt das Monstrum, das mich aufsaugen will? Was wird mir mein Stillschweigen nutzen, wenn der Vulkan ausbricht?

Oh du klare, frische Luft, ihr Düfte aus Orangenblüten, wilden Orchideen und Akazien – wie fehlt ihr mir hier! Ihr schattigen Quellen, würzigen Wohlgerüche, Zauber, Erinnerung...

Jetzt weiß ich, denn in diesem Augenblick habe ich es entdeckt, daß eine Erinnerung, ein kleiner Vers dabei helfen können, daß man am schmutzigsten Ort der Welt nicht aus Scham, Kummer und Verzweiflung stirbt.

»Ich bin geboren auf einer Insel, die verliebt ist in den Wind, wo die milden Lüfte verbreiten des Kaneels und der Vanille Düfte ...«

Jemand klopft an die Tür. Ja, ja, die anderen draußen warten schon. Ich teile das Stückchen Papier in zwei und wische schnell auch die Spritzer von Erbrochenem von meinen Strümpfen. Die andere Hälfte dieses kostbaren kleinen Geschenks hebe ich für die Kinder auf.

Der Rückweg erweist sich als genauso schwierig wie der Hinweg, er ist gepflastert mit kleinen Wortgefechten.

Zwar bin ich ziemlich groß, doch hier kann ich mich auf die Zehenspitzen stellen wie ich will, meine beiden Kinder erblicke ich nirgends. Eine gute Stunde ist es her, seit ich von meinem Platz aufgestanden bin. Doch, jetzt, ich erahne die beiden braunen Köpfchen. Sie können mich nicht sehen. Sie sind wach und auf den Beinen, versuchen etwas zu spielen – ich weiß nicht was. Ich beeile mich, zu ihnen zu gelangen.

»Da bist du ja, Mama! Komm, spiel mit uns.«

Schon ist Suzanne aufgestanden, aber ich möchte nicht, daß sie weggeht. Gerne würde ich mit ihr sprechen, über sie, über mich, über unsere so weit voneinander entfernten Leben, die hier zusammengekommen sind. Meine Zurückhaltung hindert mich. Eigentlich kenne ich sie gar nicht, und dieses Zusammengepferchtsein wird kaum sehr lange andauern. Wozu also sich so schnell und für nur kurze Zeit an jemanden anschließen? Meine antillische Erziehung gebietet Zurückhaltung, Beachtung der Gepflogenheiten, eine gewisse Vorsicht und die Achtung der Unabhängigkeit anderer Menschen. Nicaise und Désiré sind da schon wie ich, oder mehr noch wie meine Mutter.

Ich veranlasse die Kinder, sich wieder hinzusetzen. Mir scheint, es ist auch höchste Zeit dazu, wenn ich die gereizten Blicke in ihre Richtung richtig verstehe. Diesem Abteil liegt alles Kindliche fern, und die Kinder in diesem Zug haben bereits alle dasselbe hinter sich wie die Erwachsenen. Jung oder alt, wir haben alle das gleiche Alter, machen alle dieselbe Reise.

Allmählich spüre ich den Moment nahekommen, in dem die Kinder zu streiten anfangen und quengelig werden. Da hilft nur noch, ob zu Hause oder hier, eine kreolische Fabel, eine Geschichte oder ein Märchen. Doch vor all den Leuten wage ich nicht, laut zu sprechen und vielleicht die Schlafenden zu wecken. Und die Geschichten, die ich kenne, enthalten alle irgendwelche Wunder und Zaubereien, was hier ganz unpassend wirkt. Auf der anderen Seite, so sage ich mir, hat mich gerade dieser Zauber vorhin auf der Toilette auf den Beinen gehalten und mir geholfen, die Wirklichkeit durchzustehen. Und wer will schließlich behaupten, es gäbe nur einen passenden Ort für poetische Erzählungen? Ihre Wirkung besteht ja gerade darin, uns aus Zwang und Eingesperrtsein hinauszutragen.

Die Geschichte von Sibelmon wird ihr Gezänk vergessen lassen. »Ein junger Mann namens Sibelmon, der Sohn einer reichen Familie, kannte nur eine Beschäftigung, die Jagd. Er jagte am liebsten Vögel, besonders schöne Vögel...«

Die Dämmerung bricht langsam herein, auch in unserem Abteil. Ich erzähle ganz leise. Doch inzwischen sind alle still geworden, nur meine Stimme ist zu hören. Ich spreche immer leiser, bis ich nur noch flüstere, und beende meine Geschichte bald. Beunruhigt wandert mein Blick zu meinen Nachbarn, deren Gesichter in der einbrechenden Dunkelheit ihre Konturen verloren haben. Auch Suzannes Gesicht ist fast unsichtbar geworden. Alle wirken wie gebannt. Im ersten Moment glaube ich an eine Halluzination, bis ich begreife: Seit ich mit meiner Erzählung anfing, nahm die Zuggeschwindigkeit zunächst unmerklich, dann immer mehr ab, und alle lauschen gespannt auf diese Veränderung, strecken die Köpfe in Richtung Fenster. Sicher ist, daß wir bald anhalten werden, für kürzere Zeit oder vielleicht überhaupt.

Düstere Häusermeere, Gebäude und Fabriken ziehen draußen vorbei. Der alte Mann mir gegenüber mußte wegen der zunehmenden Dunkelheit sein Buch beiseite legen. Aber er holt noch einmal die Uhr aus seiner Westentasche. Meiner Meinung nach wird er kaum etwas erkennen können.

Also haben meine Platznachbarn sich gar nicht auf meine Geschichte gestürzt, sondern dieser Art Erschöpfung des Schicksals gelauscht, die vom Tagesausklang begleitet wird. Unsere Reise ist kein Zwischenspiel mehr. Die ganze Zeit, die seit Tagesanbruch verstrichen ist und die wir in dem Augenblick gewahr werden, in dem sie anzuhalten scheint, gibt dieser Fahrt eine andere Bedeutung.

Nach einer normalen Reise wäre es jetzt Zeit, ein Hotel, ein Logis, ein Zimmer bei Freunden oder *»kaye maman«* aufzusuchen...

Ich kann es kaum ertragen, mich nicht frisch gemacht zu haben, so schmutzig, abstoßend und miserabel fühle ich mich. Und wie alle anderen hier habe ich die Hoffnung, wenn der Zug anhält, wenn die Zeit anhält, dann ist auch diese Reise vorbei. Wir werden alle aussteigen und unseren normalen Tageslauf wieder aufnehmen.

Der Zug ist einige Minuten stehengeblieben, jetzt fährt er im Schrittempo weiter. Die Türen werden aufgerissen, und Soldaten springen ab. Es folgt ein langanhaltendes Bremsenquietschen und trotz der geringen Geschwindigkeit ein abrupter, brutaler Stop. Wir werden gegeneinander geschleudert.

Draußen wimmelt es von Männern. Umrisse großer Gebäude sind zu erkennen. Es herrscht lautes Treiben auf den Gleisen und am Bahnsteig, doch gibt es keinerlei Beleuchtung. Gemessen an der Zeit, die wir gefahren sind, müßten wir uns in der Nähe von Paris befinden – zumindest wenn der Zug sich Richtung Norden bewegt hat.

»Schnell! Schnell!«

Wieder dieses beängstigende Gebrüll. Wir müssen aussteigen. Wir sind so viele, daß das eine Zeitlang dauern wird.

Ich will nicht sinnlos mit den beiden Kindern im Gang stehen und herumgestoßen werden. Also beschließe ich, sitzenzubleiben und abzuwarten, bis alle aufgestanden und zur Tür hinaus sind. Erst im letzten Moment werde ich mich der Menge wieder anschließen. Unsere Nachbarn stehen schon, Mäntel werden angezogen, Koffer und Pakete zur Hand genommen, Abfälle unter die Bänke geschubst. Ich stelle mir für einen Augenblick vor, in welchem Zustand wir den ganzen Zug zurücklassen.

Ein Soldat kommt auf mich zu und deutet mit dem Finger in meine Richtung. Dann plötzlich, mit einer Bewegung, die an Schmutzfegen erinnert, fängt er an zu brüllen: *»Raus! Schnell!«* Wir müssen mit den anderen zusammen aufstehen.

Sobald wir den Bahnsteig betreten, den es hier wenigstens gibt, stellt sich heraus, daß wir nicht etwa angekommen sind, sondern nur umsteigen müssen. Wir müssen laufen. Die Befehle gellen, ärger und autoritärer als zuvor. Trotzdem gelingt es mir, mich am Bahnsteigrand abzusondern und die Kinder austreten zu lassen. Niemand außer Suzanne hat es bemerkt. Ohne ein Wort zu sagen, wartet sie auf uns und hilft uns beim Wiedereinfädeln in die Reihen, schiebt Désiré vor sich her. Ihre Gegenwart beruhigt mich: Sie wirkt gelassen, und ihre Bewegungen sind trotz des Gedränges beherrscht.

Wir müssen noch bis zu einer Art riesigem Hof weiterlaufen. Dort teilen sie uns in große Gruppen auf, nach Zufallsprinzip, wie mit dem Beil dazwischengehauen. Ich drücke meine Kinder fest an mich, und Suzanne kommt ganz dicht heran, damit nicht der kleinste Abstand zwischen uns zum Getrenntwerden führt. Wieder die Transportlastwagen. Die Motoren laufen schon, aber kein einziger Scheinwerfer leuchtet. Die Abgase sind kaum auszuhalten, doch was macht das noch, nach diesem Gestank im Zug.

Ich finde mich ganz hinten auf der Bank eines Transporters wieder, die Kinder auf meinen Knien. Suzanne steht vor mir in der Reihe zwischen den Bänken. Als wir abfahren, begreife ich, weshalb sie sich so hingestellt hat: Bei jedem Bremsen, jedem Anfahren oder Richtungswechsel teilen sich die Reihen der Stehenden in der Mitte, und sie fallen unwillentlich auf die Sitzenden. Suzanne stemmt sich mit ganzer Kraft dagegen, um uns drei zu schützen. Woher konnte sie wissen, wie sich das alles abspielen würde? Vielleicht weil sie es gewohnt ist, mit ihren Schülern zu verreisen...

Inzwischen fahren wir durch tiefe Nacht ohne die geringste Beleuchtung, ohne auch nur einen kleinen Lichtstrahl. Bestimmt ist es noch nicht spät, doch mir ist zumute, als seien wir mitten in der Nacht, wie in einem Alptraum. Das Licht des Tages mag grell und unerbittlich sein, doch es enthüllt nur Realitäten und wirkliche Gefahren. Aber mit der Nacht nehmen Ängste, Zweifel und Mutmaßungen Gestalt an und vergrößern die Armee der wirklichen Schrecken.

Diese erneute Reise hat schon nichts Neues mehr an sich – die Unbequemlichkeit, die Enge, die Hitze, der Gestank, die Fragen und das Schweigen, das die lauten Motoren für sich sprechen läßt. Nichts, was nicht bereits gesehen, erlebt, ertragen worden wäre, in Lastwagen, in Hallen, in Zügen. Man nimmt es hin, gewöhnt sich schnell daran.

Etwa anderthalb bis zwei Stunden später ist die Autofahrt zu Ende. Diesmal an einem Bahnhof, da bin ich sicher. Ein Bahnhof, der nur dürftig beleuchtet ist. Ich höre jemanden sagen, wir seien in Bobigny. Andere Stimmen melden Zweifel an, sie sprechen von Drancy und Compiègne. Ich weiß es nicht. Vor uns liegt jedenfalls ein immens großer Bahnhof, fast unbeleuchtet, wie ausgestorben und irgendwie verdächtig. Die Stimmung im Wagen ist angespannt, und niemand rührt sich. Das Spektakel draußen betäubt uns. Unzählige Männer laufen draußen hin und her: Soldaten, Offiziere, SS-Leute und Zivile, die ganz eindeutig zu den Bewachern gehören. Und sie alle bellen und brüllen durcheinander, lauter als je zuvor.

Das Geschrei soll uns aus den Lastwagen herausholen, aus denen wir auf diesen Bahnhof blicken, als ginge er uns noch gar nichts an. »Fahren wir jetzt wieder mit dem Zug?« Nicaise ist aufgewacht, und auch ihr Bruder reibt sich die Augen. Dann legt er mir seinen Arm um den Hals und zieht mich zu sich heran, flüstert mir ins Ohr: »Mama, ich hab' so Hunger, weißt du.« – »Ja, mein Schatz, ich weiß, aber wir müssen noch ein bißchen abwarten.«

»Schnell, schnell!«

Diesmal bleibt ein deutscher Offizier vor unserem Gefährt stehen und brüllt auf französisch: »Steigen Sie aus!«

Noch nie habe ich eine so große, dichtgedrängte, resignierte und vor allem so graue, so verzweifelt graue Menschenmenge gesehen wie hier. Wir überqueren das Bahnhofsgelände, Suzanne immer dicht bei mir. Sie hält Désiré an der Hand. Wir wechseln kein Wort mehr, auch keinen Blick, aber ich spüre, daß wir von jetzt an vier sind: zwei Kinder und zwei Frauen, eine kleine Gemeinschaft in der Menge, etwas mehr als eine Familie. Von weitem betrachtet, gibt es uns trotzdem nicht mehr, sind wir untergegangen in dieser menschlichen Masse, die den Bahnhof und die Gleise überquert.

Von neuem stehen wir vor einem Zug, vor Waggons. Ich versuche zu begreifen, was ich sehe: Diese Waggons hier haben keine Fenster, es sind Güterwaggons...

Intuitiv fasse ich an den Goldanhänger um meinen Hals und flüstere: »O Maria voll der Gnade, bitte für uns!« Suzanne läßt mich keinen Moment aus den Augen. Nicaise weint. Wir beugen uns beide zu ihr hinunter, um sie trösten; gleichzeitig wissen wir nicht, was wir ihr sagen sollen. Ich bin nicht in der Lage, etwas anderes auszusprechen als die Worte des angefangenen Gebets, das sich wie von selbst weiterspricht.

Unsere kleine Gruppe erregt die Aufmerksamkeit eines Soldaten. Er kommt auf uns zu, sieht uns an, einmal, zweimal und zögert plötzlich. Mein Herz fängt an, wie wild zu klopfen vor Hoffnung: Endlich! Er wird uns jetzt sagen, wir hätten hier nichts verloren, sollten zusehen, daß wir nach Hause kämen, alle drei ... Alle drei? Und Suzanne? Suzanne zurücklassen? Unmöglich! Wir sind nicht mehr eine einfache schwarze Familie, die irrtümlich bei einer Razzia mitgenommen wurde, wir sind schon ein wenig Teil einer Gemeinschaft. Bereits vertraut und immer noch fremd, ist Suzanne zum Bindeglied zwischen uns und den anderen geworden. Ihr Schicksal ist auch unser Schicksal und das aller anderen hier. Ob Suzannne Jüdin ist?

Der Soldat blickt von den Kindern zu mir, mustert mich eindringlich und nimmt Suzanne gar nicht wahr. Doch dieser Blick paßt nicht im geringsten zu dem, was ich erwarte, was ich mir vorstelle.

»Los, Schweinehunde! Steigt ein, schnell!«

4

Ein Güterzug

Der letzte Hoffnungsschimmer hat sich verflüchtigt. Schon vergangene Nacht, in meiner Küche im Schloß haben die Soldaten gesagt: *»Dieselbe Schweinerei, dieselbe Sippschaft.«* In Windeseile schätze ich die Anzahl der Waggons ab. Es werden wohl um die dreißig sein, und wir sind etwa fünfzig Leute vor jedem Wagen. Mir wird abwechselnd heiß und kalt, mir bricht der Schweiß aus. Jetzt ist es soweit, ab hier geht wirklich alles drunter und drüber. Trotz aller Schrecken und Brutalitäten unserer »Entführung« hatte bis jetzt noch alles den Anstrich des Gewohnten, der Banalität des Krieges und des Alltags in einem besetzten Land. Da ist es nicht abwegig, Soldaten zu begegnen, und nicht einmal, einen Lastwagen zu besteigen oder einen überfüllten Reisezug zu nehmen. Selbst ein verdunkelter Transporter mitten in der Nacht mag noch angehen. Aber ein Güterzug, ein Viehwaggon – das nicht!

Mit diesem Zug, dieser endlos langen grauen Raupe auf Rädern, gerät unser Leben endgültig aus seiner Bahn. Und wir sind hier fast zweitausend Menschen, deren Leben auf dieselbe Weise entgleist. Mein Zeitgefühl hat sich verflüchtigt, ich habe kein Empfinden mehr für die Zeit und das, was vor uns liegt. Ich denke nur noch an die Kinder und an ihre Körperwärme, die bedeutet, daß wir am Leben sind.

Wir drei setzen uns in eine Ecke des Waggons auf ein wenig Stroh, das mit Sägemehl vermischt ist. Männer, Frauen und auch Kinder steigen schnell ein. Sie ziehen und hieven sich gegenseitig die Stufen herauf, bisweilen unter schweren Seufzern, vor allem der Älteren.

Suzanne bleibt ganz dicht bei uns stehen. Wie ich sieht sie sich die Einsteigenden genau an und schaut denen, die sich in unserer Nähe niederlassen, ruhig zu. Auch ich versuche, ruhig zu bleiben, denn mir ist aufgefallen, daß Nicaise und Désiré öfter zu ihr als zu mir hinsehen. Ihre offensichtliche Ruhe muß ihnen Sicherheit geben.

In diesem Augenblick steigt, unter einigen Schwierigkeiten, ein Paar die hohen Stufen herauf und bahnt sich seinen Weg bis in unsere Nähe, um sich dort hinzusetzen. Mein Herz fängt wieder an, wie wild zu klopfen. Die beiden Gesichter kommen mir bekannt vor. Doch selbst als wir noch einige Hundert waren, konnte ich die Dubreuils, nach denen ich verzweifelt Ausschau hielt, schon nicht finden, wie sollte ich jetzt, da wir über tausend Menschen sind, plötzlich irgendwelche Bekannten treffen? Da müßte schon ein Wunder geschehen.

Trotzdem kommen mir diese beiden so bekannt vor. Sie rufen ein schmerzliches Gefühl in mir wach, das ich nicht bestimmen kann. Sie ist ziemlich groß, aber sehr blaß. Nun richtet sie ihre großen blauen Augen auf mich und schaut mich nicht eben freundlich an. Vielleicht hat mein langer Blick sie verunsichert, oder sie kann meine Hautfarbe nicht leiden. Sie wirkt, als sei sie es gewohnt zu herrschen, das kann ich spüren. Bereits ihr Hereinkommen in diesen schmutzigen Waggon hatte etwas Beeindruckendes. Und ihre ganze Erscheinung wirkt, als nehme sie eine gewisse Position in der Gesellschaft ein. Diese Haltung, sofern sie nicht Sympathie hervorruft, nötigt Bewunderung ab. Sie muß an die Sechzig sein, ihr Mann etwas älter und gebrechlicher, aber sehr elegant. Er zittert, und ihm laufen Tränen über die Wangen. Beiden merkt man Reichtum und Macht an, sogar noch hier, fernab ihrer normalen Umgebung. Und gerade die fehlt mir, um herauszufinden, woher ich sie kennen könnte. Diese

Mundwinkel, dieses Haar und diese intensiv blauen Augen ... Woher kenne ich sie bloß?

Immer noch steigen Paare ein und junge, agile und lebhafte Leute. Andere Mitreisende sind bereits sehr mitgenommen von der Fahrt, während wieder andere gar nicht zu merken scheinen, daß sie weggebracht werden.

Mißglückte Karrieren, soziale Aufstiege, Unbewußtes, Sorgen, Reichtümer, materielle Not, Hoffnungen und Vorhaben – alles fällt hier zusammen im Stroh und im Sägemehl, alles wird zusammengestopft, wie es gerade kommt, und verschickt wie eine gewöhnliche Fracht. Wohin bloß? Zum Teufel! Woran kann man hier sonst noch denken?

Ein Mann an der Tür versucht wieder auszusteigen und stemmt sich gegen die Hereinströmenden: Er bittet um Verzeihung und erklärt, daß er von seiner Frau getrennt worden ist, daß er sie in einem anderen Waggon suchen will. Vor ein paar Sekunden sei sie noch hinter ihm gewesen: »Eine junge, blonde Frau, nicht sehr groß, hübsch ... Haben Sie sie gesehen? Haben Sie meine Frau gesehen? Blond, hübsch ... Entschuldigen Sie bitte, ich möchte aussteigen, Pardon ...« Niemand hört ihm zu, niemand antwortet. Er ist zu höflich, zu diskret. Seine so schüchtern geäußerte Verzweiflung bestürzt mich. Ich drücke meine Zwillinge ganz fest an mich. Nur nicht getrennt werden! Was könnte furchtbarer sein ... oder ... vielleicht ... besser? »Warum weinst du denn, Mama?« »Wegen des Mannes dort, der seine Frau sucht, mein Liebling. Ich hab' Mitleid mit ihm.« »Hmhm, ich hab' ihn auch gesehn. Aber bestimmt ist sie in einem anderen Waggon, und er findet sie wieder, wenn wir da sind.«

Wenn wir da sind! Désiré denkt an die Ankunft. Er schaut mich geradeheraus an mit seinen großen blauen Augen. »Ich glaub', er findet sie wieder.«

Mein Gott! Diese Augen, und dieser Blick! Sie sehen aus wie die Augen dieser Dame, die vorhin mit ihrem Mann hereingekommen ist und sich ganz in unserer Nähe niedergelassen hat. Ich drehe mich zu ihr um, sehe, daß sie im Begriff ist, Doudou zu betrachten. Sie wendet sich mit zusammengepreßten Lippen ab. Jetzt fällt mir ein, wo ich dieses Ehepaar schon gesehen habe: auf Fotografien! Sie posierten im Garten und in den Salons eines schönen weitläufigen Bürgerhauses in der Umgebung von Paris. Von neuem fängt mein Herz an zu klopfen. Wie ist das möglich? Könnte es sein, daß sie es wirklich sind? Jeans Eltern! Doch wie soll man bei Fotografien sicher sein? Vielleicht ist es nur eine Ähnlichkeit. Vielleicht rufen jetzt alle Verletzungen der vergangenen Stunden diese einzige große und tiefe Verletzung meines Lebens wieder wach. Wie dem auch sei, ob sie es wirklich sind oder ob sie ihnen nur ähnlich sehen, diese Eheleute dort könnten Nicaises und Désirés Großeltern sein.

Und das ist auch die schmerzliche Empfindung in meiner Erinnerung, die ich zu fassen versuchte: der Groll und der Kummer, von Menschen abgelehnt worden zu sein, die mich nicht einmal kannten, mich nie gesehen hatten und nur eines wußten, nämlich daß Jean mich liebte. Und wenn es so wäre, daß ich nun hier in diesem Zug, in diesem Alptraum zum erstenmal denjenigen begegnete, die meine geliebten Schwiegereltern hätten sein können und Großeltern meiner Zwillinge? Dann wäre uns durch den Krieg eine mehr oder weniger friedliche Nähe auferlegt, während in Friedenszeiten Krieg zwischen uns war, oder richtiger, zwischen ihnen und uns. Jetzt ist alle Scheinheiligkeit unangebracht, jede falsche Höflichkeit überflüssig. Man muß wohl oder übel miteinander auskommen. Auch wenn es ihnen mißfällt, daß ich schwarz bin und zwei nur wenig hellere Kinder zur Welt gebracht habe, jetzt müssen sie es hinnehmen wie alles andere auch.

Aber was mache ich mir denn da zurecht? Was sollen diese Geschichten? Dieses Paar dort und ich, wir haben mit Sicherheit nur eines gemein: daß wir in diesem Zug sitzen und in diesem Sägemehl, das allmählich überall an uns klebt. Und vielleicht noch die Ungewißheit unserer Bestimmung.

Plötzlich kommt mir der Gedanke, daß ich ein Wort an sie richten könnte. Wenn sie wirklich Jeans Eltern sind, könnten sie mir sagen, wo er ist und was er tut... Eine Nachricht, endlich ein Lebenszeichen von Jean!

Geliebter, wo bist du?

Vielleicht ist mein ganzer Aufruhr um die Familienähnlichkeit nur eine Art, endlich an Jean zu denken, die Erinnerung zu beschwören und ihn in Gedanken wieder gegenwärtig werden zu lassen.

An einem Tag im Jahr 1937, vor etwas mehr als sechs Jahren schon, sind wir uns bei der Verlobung von Gertrude Dubreuil begegnet. An diesem Ereignis wollte ich meine ganze Familie teilhaben lassen.

Januar 1937

Mein kleiner Rémy,
zum erstenmal bin ich hier in die gute Gesellschaft eingeführt worden. Die Dubreuils haben mich mitgenommen. Es war ein Nachmittag auf dem Land, wo wir bei der Nichte von Madame Dubreuil eingeladen waren.
Ich war nicht vorbereitet auf eine solche Einladung und habe zuerst abgesagt. Doch da öffnete Virginie Dubreuil ihren Spiegelschrank und sagte zu mir: »Sidonie, ich weiß, daß Sie schöne Seidenkleider mögen, und Sie haben noch keines. Sie sind ein junges Mädchen, da wird Ihnen der zartrosa Farbton hier gewiß sehr gut stehen. Und lassen Sie mal die Halskette Ihrer Mutter, schauen Sie, dies ist mein Weihnachtsgeschenk für Sie. Bitte sagen Sie nicht nein, lassen Sie sie mich um Ihren Hals legen. Es sind echte Perlen. Die sollten Sie heute nachmittag tragen.«
Lieber Rémy, das waren Glücksperlen, die da um meinen Hals gelegt wurden! Ganz stolz begleitete ich meine »Adoptiv«-Eltern in ihrem schwarzen Citroen.
Das ganze Haus von Monsieur Dubreuils Bruder war mit

weißen Rosen geschmückt! Gertrudes Verlobungsring lag in einem kleinen silbernen Körbchen voller Rosenblätter versteckt. Als sie ihn fand, umarmte sie ihren Verlobten, und sie küßten sich. Dann zeigte sie den Ring ihrer Mutter und ihrer künftigen Schwiegermutter, danach durften ihn alle anderen Gäste bewundern. Der Champagner wurde aufgefahren, ein guter französischer Champagner, und es wurde ein richtiges Fest...

Februar 1937

Liebe Tatine,
heute haben wir Faschingsdienstag, aber die Stimmung in Bordeaux kann leider kein bißchen mit der Festatmosphäre unseres schönen Saint-Pierre mithalten. Wirklich, es ist kein Vergleich!
Meine Jahresprüfungen rücken näher, und ich lerne viel.
In Frankreich ist jetzt viel von Politik die Rede, alle Zeitungen sprechen von ernsten Ereignissen und sogar von einem möglichen Krieg. Ich habe solches Heimweh nach Saint-Pierre. Ich kann mich so gut erinnern, wie wir Kinder als Teufelchen verkleidet durch die Straßen rannten, ganz in Rot... Und dann die Zeit des ersten Sehens und Gesehenwerdens auf unseren Straßen, die in freudiger Feststimmung wogten...
Ich bedauere keinen Moment, daß ich mit Monsieur und Madame Dubreuil hierher gezogen bin, aber manchmal werden mir meine Lehrbücher, die mein einziges Refugium sind, doch schwer. Ich hätte gerne eine Freundin, aber die Menschen hier sind nicht so aufgeschlossen wie bei uns. Die einzige Person, die mir zulächelt und immer sehr nett mit mir spricht, ist der junge Mann aus der Apotheke, Monsieur Jean...

Juni 1937

Meine geliebte Mama,
heute habe ich meine Abschlußprüfungen für das zweite Studienjahr bestanden! Ich bin sehr glücklich darüber. Und Du?
Ich erlebe sogar ein doppeltes Glück im Augenblick. Und Du, die mir immer zuhörte und Verständnis für mich hatte, Du sollst als erste wissen, daß mir etwas Wundervolles widerfährt. Seit einem Monat fühle ich mich von einer Liebe ergriffen und bin immer ganz aufgeregt, wenn ich ihn sehe. Mama, ich glaube, ich habe mich in Monsieur Jean verliebt, den Apotheker.
Bei der Verlobung von Gertrude Dubreuil hat er zum erstenmal mit mir gesprochen. Aber ich hielt zuerst den Kopf gesenkt und mochte ihn gar nicht anschauen. Du hast mir ja immer gesagt, daß ich einen Mann erst dann ansehen und ihm antworten soll, wenn ich ihm vorgestellt worden bin.
Schließlich hat mich der Bruder von Gertruds Verlobtem mit ihm bekannt gemacht... und mein Herz fing an zu klopfen... es ist so schön...
Er sagte, am kommenden Sonntag würde er mich zum Lichtspielhaus einladen, wenn Monsieur und Madame Dubreuil es erlaubten.
Das alles schreibe ich Dir und bitte Dich um Dein Einverständnis. Bitte antworte mir bald.
Deine Tochter, die Dich liebt – Nini

Februar 1938

Liebe Mama,
inzwischen geht es mir besser als zu Beginn meiner Schwangerschaft. Der Doktor sagt, und ich spüre es auch, daß ich in einem Monat niederkommen werde. Wenn ich ein Foto machen könnte, würde ich es Dir schicken. Aber ach, das ist zu teuer, und ich schäme mich auch für meinen Zustand.

Ich weiß, daß Du mich verstehst und mir verzeihst, aber wenn ich an meinen Vater Socrate denke, fühle ich mich beschämt und entehrt.
Ach, wann werde ich die Sonne von Martinique wiedersehen und den heißen schwarzen Sand des Nordstrands? Was soll aus dem Kind werden, das ich austrage? Bis zum heutigen Tag habe ich keinerlei Nachricht von Jean. Er hat gesagt, er liebe mich. Aber ist es gescheit, sich zu lieben, wenn man von so unterschiedlicher Herkunft ist?
Nach ein paar Monaten voller Rendezvous und auch, na ja, heimlicher Treffen ist er plötzlich verschwunden, als ich ihm mitteilte, daß ich von ihm schwanger bin. Er sagte etwas von »drohendem Krieg«, doch ich bin mir sicher, daß er uns verlassen hat. Seine Mutter wollte von einer Heirat nichts hören. In Wirklichkeit wollten weder seine Familie noch Jean selbst, daß eine schwarze Frau und farbige Kinder den Namen der de Bordes tragen sollten. Und trotzdem, Mama, ich bin so glücklich über dieses neue Leben in mir. Wenn es ein Mädchen wird, nenne ich es Nicaise, wird es ein Junge, Désiré.
Die Dubreuils finden, daß in der Stadt zu wohnen für Madame Dubreuil zu anstrengend ist. Wir werden bald eines ihrer Landgüter in der Nähe von Bordeaux beziehen. Die neue Anschrift weiß ich noch nicht, und bis dahin kannst Du mir weiter hierher schreiben. Ich werde noch eine Zeitlang jede Woche zur Concierge, Madame Cécile, gehen und meine Post abholen.
Mama, ich habe Dich sehr lieb. Küsse alle zu Hause von mir,
Deine liebste Tochter Sidonie

Die Waggontüren sind zugeschoben worden. Wir sitzen alle im Halbdunkel und schweigen, schwitzen und bekommen schon jetzt kaum genug Luft. Die Geräusche und Stimmen draußen klingen wie in großer Entfernung. Schreie, Befehle und dumpfes Scheppern an den Wänden. Verladen und eingesperrt wie Schweine sind wir. Die Waggons werden von außen mit Ketten und Vorhängeschlössern verriegelt und zum Schluß noch verplombt. Der Zug setzt sich in Bewegung, und wir singen die Marseillaise.

Die Temperatur steigt schnell an, der Wagen ist völlig überfüllt. Wer noch steht, fällt beim Rucken des Zuges beinahe zwangsläufig hin. Klagen, Stöhnen, Schreie. Eine Stimme erhebt sich: »Ich glaube, wir sollten uns alle hinsetzen.«

»Leicht gesagt, dazu müßte mehr Platz da sein.«

Diese zweite Stimme gehört einer Frau, sie klingt ironisch, vergrämt und auch verzweifelt. Die Stimme, die zuerst sprach, meldet sich wieder sanft, ernsthaft und gebietend zu Wort: »Wenn wir uns nicht organisieren, werden wir alle sterben.«

Meine Augen sind noch nicht an das Dunkel gewöhnt, so kann ich nicht sehen, wer da gesprochen hat. Doch es scheint, als habe sich unsere Gemeinschaft fast wider Willen ihr Oberhaupt gewählt. Und diese unsichtbare Autorität hat zum erstenmal ein Wort ausgesprochen, das wir alle in unserem Körper, unserer Seele und unserer Vorstellung festgehalten hatten: sterben.

Niemand sagt etwas. Ich höre nur ein vielfaches Atmen und Schnaufen und dann den schmerzhaft dröhnenden Krach der Räder auf den Schienen. Ich streiche über die Gesichter meiner Kinder. Ihre Augen sind geschlossen, aber ihre Lider flattern. Sie schlafen nicht richtig. Sie liegen eng an mich geschmiegt, beinahe auf mir, beinahe in mir, wie vor ihrer Geburt. Wir fallen unwillkürlich in einen schweren Dämmerzustand. Es ist der Druck der Hitze und der Machtlosigkeit. Gleichzeitig ist dieses Dämmern fieberhaft, angespannt wie auf einem Vulkan. Es fehlt nicht viel, und alles würde explodieren. Alle vermeiden es, zu sprechen, sich zu bewegen, ja, beinahe zu existieren. Je weniger man lebt, desto weniger kann man sterben – dieser idiotische Gedanke kommt mir in den Sinn. Sterben ...

Dieses Wort hallt in meinen Gedanken nach, oder zwischen den Holzwänden dieses Waggons, ich weiß es nicht. Der Tod ist anwesend unter uns. Er ist es, der so schlecht riecht, und er ist auch diese fiebrige Mattigkeit. Ich bin sicher, daß er zuschlagen wird, noch heute nacht. Er ist hier, mit uns zusammen eingesperrt, und er pestet, schwitzt, dampft. Er verbreitet die schlimmsten Gerüche. Im vorigen Zug war der Gestank scheußlicher, aber menschlich, lebendig, organisch. Jetzt stinkt es weniger ekelhaft, sondern riecht förmlich nach Tod.

Die Augen gewöhnen sich an die Dunkelheit. Es gibt Belüftungsöffnungen ganz oben, fast unter dem Dach. Vier an der Zahl, doch sie sind viel zu klein, als daß sie uns mit ausreichend frischer Luft versorgen könnten. Sie lassen von draußen auch einen schwachen Lichtschein herein, eine Art gleichbleibende Nachthelle, seit wir die Stadtrandgebiete hinter uns gelassen haben. Wir befinden uns immer noch im Bereich eines großen Eisenbahnknotenpunkts, andauernd rattern wir über Weichen und wechseln die Gleise. Jedesmal bei diesem Rumpeln und Rucken fallen die Stehenden hin.

Die Kinder sind eingeschlafen. Ich beuge mich ganz vorsichtig nach vorn, um zu sehen, was Suzanne macht. Sie sitzt aufrecht, fast steif, mit dem Rücken an die Wand gelehnt dicht bei der Tür. Sie hat die Augen weit offen. Sie wendet sich mir zu. Ihre Brille hat sie vorhin abgenommen und weggepackt, damit sie in diesem Gedränge nicht kaputtgeht. Für eine Sekunde verschwindet der feuchte Glanz ihrer Augen, und ich begreife, daß dies ein Zuzwinkern, eine Art Lächeln mit den Augen war. Wir wagen nicht, die Stille zu durchbrechen, und im Moment haben wir uns auch nichts zu sagen – außer, daß wir zusammengehören. Das ist nicht viel, doch es ist sehr wichtig.

Ich vernehme ein Seufzen, das Aneinanderreiben von Kleidung und angestrengtes Nach-Luft-Schnappen. Viele versuchen es sich leichter zu machen und legen Westen, Mäntel, Pullover ab. Diese Hitze... und mit ihr zusammen wird sich bald Wassermangel bemerkbar machen. Und mit dem Wassermangel wird, je länger diese Reise noch dauert, ein größeres Problem aufkommen: unser Überleben in diesem abgeschlossenen, dunklen und unerklärlichen Raum.

Auch ich würde gerne meinen Mantel ausziehen und den Kindern ihre abnehmen, aber ich möchte sie nicht aufwecken. Ich will keine Unruhe verbreiten, nicht einstimmen in das Lautgetümmel all der Männer und Frauen, die zunehmend lauter stöhnen, flüstern, hörbar leiden, schneuzen und schnarchen.

Ich halte meinen Atem zurück, so gut ich kann. Ich habe Angst. Angst vor dem, was sich in diesem kleinen abgeschlossenen und ungerechten Universum abspielen wird, das so viel Empörung wachruft und den Empörten nichts zu bieten hat als ein paar winzige unschuldige Belüftungsöffnungen.

5

Der Tod

»Marc! Marc!« – Ein Schrei, scharf wie ein Säbelhieb, macht mich augenblicklich hellwach. Ich habe die Augen noch nicht offen, und schon türmen sich hinter meiner Stirn, unter meinen Lidern Fragen über Fragen. Wer ist Marc? Warum reagiert mein Körper nicht? Warum antwortet Marc nicht?

»Antworte doch, Marc! Gib Antwort!«

Warum hat diese Frau eine so schrille Stimme? Ich bemerke die warme Last auf meinen Schenkeln und Knien, das Gewicht meiner Kinder. Ich will die Arme heben und ihnen über die Gesichter streichen, um zu fühlen, ob sie noch schlafen. Aber ich kann mich nicht bewegen, bin wie gelähmt. Nein, nicht ganz, mein Mund steht halb offen, und ich atme ganz sacht, ich bin eher wie gebannt.

»Marc, antworte! So antworte doch!« Das ist kein Angstschrei mehr, das ist das nackte Entsetzen. Ich habe die Augen immer noch nicht aufgeschlagen, weiß immer noch nicht, wer dieser Marc ist. Aber ich weiß, warum er nicht antwortet: Marc ist tot. Was ist los mit mir? Kann es mir gleichgültig sein, daß jemand in diesem Waggon gestorben ist? Warum kann ich mich immer noch nicht bewegen? Bin ich die tote Person? Nein. Ich heiße nicht Marc, mein Name ist Sidonie. Doch ich spüre den Tod in meiner Nähe, in mir. Mir scheint, ich habe als einzige in diesem Wagen begriffen, daß dieser Marc, der keine Antwort gibt, gestorben ist. Ich horche und merke, wie meine Nachbarn aufstehen. Noch einmal schreit die Frau auf, jetzt klingt es schon wie eine Feststellung.

»Er hat geschlafen, ich dachte, er würde schlafen. Dann hab' ich ihn wachrütteln wollen, und da ist er zur Seite gesunken und auf mich gefallen.« Eine Stimme erhebt sich: »Ein Arzt! Wir brauchen einen Arzt!« Gleich darauf eine andere: »Wir können ihn nicht hier drin behalten. Er kann doch nicht hierbleiben!«

Völlig starr und reglos, ohne etwas sehen zu können, höre ich nur, was vorgeht, was gesagt und geflüstert wird, und mir ist, als könnte ich sogar hören, was gedacht wird.

Der Tod ist mit uns in diesen Waggon eingeschlossen worden, er hat unseren Schlaf abgewartet, um blind und wahllos zuzuschlagen, um Marc mitzunehmen, den er so gut und so schlecht kannte wie mich oder irgend jemanden sonst hier drin. Er hat seine Saat der Zerstörung ausgestreut. Ich hatte diesen Tod geahnt. Alle anderen, oder fast alle anderen, wirken völlig außer sich. Und kaum haben sie richtig begriffen, daß der Mann tot ist, denken sie schon an nichts anderes mehr, als den noch warmen Leichnam irgendwie loszuwerden. Doch tatsächlich ist es nicht der Verstorbene, den sie nicht sehen, nicht in ihrer Nähe haben wollen, sondern der Tod selbst.

Spannung und Panik steigen spürbar an, und damit die Hitze – also scheinbar ganz das Gegenteil von Tod. Die Kinder haben sich beinahe gleichzeitig von meinen Beinen erhoben. Doudou, der wohl nichts gehört hat von alldem, flüstert mir ins Ohr: »Mama, ich hab' solchen Durst.«

Endlich bekomme ich die Augen auf. Ich sehe Beine an mir vorbeigehen und wie sich rechts von uns eine kleine Menge versammelt. Zwischen gebeugten Rücken und gesenkten Köpfen hindurch trifft mein Blick auf das Gesicht von Marc: Es ist bläulich verfärbt, und ein Speichelfaden läuft an seinem Kinn herab. Er ist jung, ziemlich schön, und er ist tot. Ich habe schon einige Tote gesehen, vielleicht mehr als die meisten hier, doch diesen Toten werde ich nie vergessen.

Marc ist das erste Opfer unseres blinden, stummen und kalten Krieges. Die Gewalt braucht manchmal keine Waffen, sie schleicht sich heimlich zwischen die Menschen. Jetzt kommt in unserem Waggon Aggressivität auf. Ein junges Mädchen stimmt einen dumpfen, unartikulierten Sprechgesang an, sehr leise. Dieser helle Singsang könnte an plätschernde Bäche erinnern, wenn nicht ein Unterton aus Wahnsinn und Gewalt mitschwänge. Warum kommt der Tod niemals allein?

Ich fühle mich fremd und befremdet hier drinnen. Meine beiden Kinder empfinde ich als Verlängerungen meiner Fremdheit. Ich mache nicht mit, nehme nicht teil an dem, was geschieht. Aber ich weiß, was passieren wird. Ich spüre, wie die Wellen gegeneinanderlaufen, sich aneinander brechen und zurückziehen, wiederkommen ... Der Hofstaat des Todes hält Einzug, seine Ehrendamen dringen durch die verriegelte Waggontür ein, und ein Zeremonienmeister, den niemand hören will oder kann, stellt sie der Reihe nach vor: die Gewalt, die Eifersucht, die Angst, die Machtgier, die Aufsässigkeit, die Raserei ...

Suzanne schläft. Zumindest scheint es so. Ihre Blässe erschreckt mich, doch ich wage nicht, sie anzusprechen. Plötzlich kommt mir zu Bewußtsein, was es ist, das mir die Glieder lähmt und die Wahrnehmung so ungewöhnlich schärft: eine Kraft! Es ist eine wunderbare Kraft, die in mir aufsteigt und sich, wie mir scheint, auf die Zwillinge überträgt. Woher erwächst mir diese Kraft? Bilder ziehen an mir vorüber, Bilder von Bäumen meiner Insel. Sie sind hoch und stark, mit Blättern, die in der sengenden Sonne wie Messerklingen blitzen und unter dem schweren Regen wie Teller schimmern. Mahagoni, *chamana*, Brotbaum, Königspalme – woher kommt ihre Kraft?

»Schwein! Dreckskerl! Du Abschaum!«

Ein Handgemenge in der Nähe des Toten. Was ist passiert? Sofort gehen nicht mehr nur Beleidigungen, sondern gleich Hiebe hin und her. Ein Mann will diese ausbrechende

Schlägerei beenden. Ich höre nur den dumpfen Laut eines Fausthiebs, und der Mann fällt auf eine Gruppe am Boden Sitzender. Hier wird es eng, und die Luft wird noch knapper. Ich schüttle die Kinder: »Steht mal auf. Wir wollen uns einen anderen Platz suchen.«

Wegen dieses Durcheinanders ist eine andere Ecke im Waggon frei geworden. Dort fällt durch zwei der Notbelüftungen etwas Licht und Luft ein. Ich streiche Suzanne über die Wange, und sie öffnet lächelnd die Augen. Sie folgt meiner Handbewegung und meinem Blick. Sie hat verstanden. Wir bewegen uns langsam und wie verzögert, traumwandlerisch. Es scheint so, als habe niemand unseren Umzug bemerkt. Die Kinder sind widerspruchslos mitgekommen und haben sich wieder hingesetzt. Suzanne hat wenige Schritte von uns entfernt ein Plätzchen gefunden. Sie nimmt ihre Sitzhaltung, mit geradem Rücken an die Wand gelehnt, wieder ein. Bevor ich mich wieder niederlasse, fische ich aus meiner Tasche eine kleine Keramiktasse. Es ist Désirés Becher, aus dem Ton von Trois-Ilets. Flink und unauffällig ziehe ich den Schnürsenkel aus meinem Schuh und binde ihn am Henkel fest. Das Ganze hänge ich oben aus einem der Belüftungslöcher hinaus. Der Becher klackert leise gegen die Wagenwand, und ich hoffe, daß er nicht zerspringt, noch bevor die ersten Regentropfen hineingefallen sind. Hoffentlich blieb meine Aktion unbemerkt. Wie könnte ich am Ende die wenigen erhofften Regentropfen mit so vielen Durstigen teilen?

Meine Mutter fällt mir wieder ein, und die Erinnerung an ihr Lächeln läßt mich selbst beinahe lächeln. Sie schmunzelte immer, wenn unsere Nachbarn ihr über meine Qualitäten als gute Schülerin Komplimente machten, denn sie wußte nur zu gut, daß ihre Tochter vor allem mit einem eher zweifelhaften Sinn für das Praktische begabt war und jedes Lob dazu nutzte, dies zu vertuschen.

Wenn ich jedoch hier mein Manöver möglichst geheimhalte, dann nicht etwa, weil ich ein schlechtes Gewissen hätte.

Ich habe den Platzwechsel und alles andere möglichst unauffällig vorgenommen, weil ich die Reaktionen einer Menschenmenge fürchte, die durch einen unerwarteten Todesfall verwirrt und aufgebracht worden ist.

Schon stürzen sich einige auf die verriegelte Tür und bearbeiten sie mit Fäusten und Handballen. Andere brüllen wütend: »Bleiben Sie ruhig! Wir haben sowieso zu wenig Luft, und Sie verbrauchen dieses bißchen noch für nichts und wieder nichts!« Und diejenigen, die vor Empörung über die anderen schreien, verbrauchen genauso viel Luft wie diejenigen, die vor Grauen zu toben angefangen haben.

Im Hinsetzen fällt mein Blick plötzlich wieder auf die Frau, die Jeans Mutter ähnlich sieht. Sie hat ihren Oberkörper bis auf die Unterwäsche freigemacht und tupft die Stirn ihres Mannes trocken. Wo sind ihre Distinguiertheit und ihre herablassende Reserviertheit geblieben? Doch auch jetzt noch hält sie sich sehr gerade, beinahe steif, die nackten Schultern gegen das beschlagene Holz der Waggonwand gelehnt. Die Gesichtszüge ihres Mannes sind schärfer hervorgetreten, die Haut wirkt feiner und wächserner als vorher. Wenn nicht die leichte Bewegung seiner Nasenflügel Leben verriete, sähe sein Gesicht wie eine Totenmaske aus. Wahrhaftig, der Tod kommt nie allein. Er hat angefangen, die Gesichter nach seiner Art zu schminken...

Niemand scheint so recht bemerkt zu haben, daß ich mit meinen Kindern den einzigen Platz hier eingenommen habe, wo ein schwacher Lebenshauch weht. Ein leiser Windzug kommt von den Notbelüftungen herunter und gleitet über das Türscharnier bis zu mir. Ich habe die beiden Kinder so hingesetzt, daß sie dem dünnen Lebensfaden möglichst nahe sind. Ich streiche ihnen mit meinen feuchten Händen über das Haar, und sie bewegen ihre Köpfe unter dieser zärtlichen Geste hin und her. Gleichzeitig ist dieses Streicheln auch eine Vorsichtsmaßnahme, denn ich will vermeiden, daß eine leicht angewehte Haarlocke dieses kleine Privileg verrät, das ich ihnen verschafft habe.

Neben mir sitzt ein älterer Herr mit Goldrandbrille. Es ist derselbe, der schon in der Reithalle mit mir gesprochen hat. Seit ein paar Minuten hat er die Augen offen und betrachtet uns. Ich habe einen Moment lang Angst, entdeckt zu werden, und halte in meiner Bewegung inne.

»Sie haben wunderbare Kinder. Gott stehe Ihnen bei, retten Sie sie.«

Seine warme, kräftige Stimme gibt sich selbst in diesem leisen Murmeln als die des Mannes zu erkennen, der bei der Verriegelung der Tür ein wenig Ordnung unter uns schaffen wollte. Im Augenblick scheint ihn das, was geschieht, nicht zu interessieren, als ob er von seiner selbstgewählten Funktion zurückträte. Er hat die Augen wieder geschlossen, aber ich würde ihn gerne noch fragen, welchen Gott er meint, welchen Gott ich um Hilfe anrufen soll. Ich selbst weiß es nicht.

An Gott habe ich nicht mehr gedacht, seit wir das Schloß verlassen haben, vielmehr, und das wird mir plötzlich bewußt, denke ich an die Jungfrau Maria. Wird sie die Kraft haben, mir beizustehen und bei mir zu bleiben, jetzt, wo der Tod hier eingetreten ist? Und ich? Werde ich stark genug sein, Maria bei mir zu behalten?

Das Handgemenge fängt wieder an. Ich weiß nicht, wieso. Vielleicht wegen gar nichts.

Zwei ineinander verkrallte Männer rollen am Boden, andere stürzen sich auf sie – um sie zu trennen oder sich nur in die Schlägerei einzumischen? Ein Fausthieb, noch einer und noch einer. Ein Körper fällt der Länge nach hin und rollt in unsere Richtung. Ich habe gerade noch Zeit, meine Beine einzuziehen und Désiré und Nicaise abzuwenden, die vor Schreck anfangen zu weinen. Der Kopf des Mannes schlägt vor uns auf den Boden. Sein blutverschmiertes Gesicht scheint vor Wut oder Schmerz schier zu zerspringen. Nicaise hält sich die Augen zu, um nicht hinsehen zu müssen. Ich versuche, die Kinder zu beruhigen.

»Das ist nicht so schlimm, wißt ihr. Alle hier sind aufgeregt, und er hat nur eins auf die Nase gekriegt. Er blutet bloß aus der Nase. Er wird schon wieder aufstehen. Alle haben halt Hunger und Durst, alle schwitzen und sind gereizt. Das ist alles, die beruhigen sich schon wieder. Was, Désiré? Du hast doch keine Angst mehr, nicht?«

Er schüttelt den Kopf. Er weiß, daß Nasenbluten nicht gefährlich ist, denn das kennt er von sich selbst, und auch den spektakulären Effekt. Ich hoffe sehr, daß er den Blutfluß aus dem Mund des Verletzten nicht bemerkt.

Wahr ist, daß die Hälfte der Leute hier drin außer sich gerät. Der Wahn schüttelt die Körper und erschüttert die Gemüter, die er eines nach dem anderen packt. Nur um uns herum besteht noch eine kleine Insel der Ruhe. Ich beobachte so wach und aufmerksam wie nur irgend möglich, was sich abspielt. Mir ist klar, daß nur Wachsamkeit und Vorsicht mich vor Ansteckung bewahren können – Wachsamkeit, ganz nüchterne, materielle Sorgen und auch inneres Abstandhalten. Ich zwinge mich, die Szenen, die sich vor meinen Augen abspielen, als Vergangenheit zu betrachten oder als Buchlektüre, als Notizen zu einem Buch, als plötzliche Bilder, die es zu analysieren gilt. Und ich teile die Ruhe, die ich in meinem Inneren bewahre, meinen Kindern mit, sowohl durch Gedanken als auch durch engen körperlichen Kontakt. Wir können kaum miteinander sprechen, aber unsere Körper geben sich von Haut zu Haut beständig Nahrung, Trost und leise Worte. Mit Suzanne kommuniziere ich durch Blicke: Ich versenke meinen Blick in ihren, halte sie fest und gebe ihr meine Kraft, so wie sie mir ihre gibt.

In regelmäßigen Abständen fühle ich meinen Puls und den der Kinder. Das gibt mir eine Art Sicherheit und kommt aus dem Instinkt, das Leben zu bestätigen.

Der verletzte Mann ist wieder aufgestanden. Der Anblick des Blutes hat einige erstarren lassen, und so ist wieder eine relative Stille eingekehrt.

Eine feste, melodische und kräftige Stimme, dieselbe wie

vorhin, wird an meiner Seite laut. Mein Platznachbar ist aufgestanden und wendet sich von neuem an alle. Also hat er nicht abgedankt, sage ich mir, sondern nur den richtigen Moment zum Eingreifen abgewartet.

»Muß es erst noch mehr Tote und Verletzte geben, bis wir begreifen, daß wir uns unterstützen sollten?«

Jetzt kann ich ihn gut sehen, denn er steht aufrecht da. Er sieht nicht so aus, wie seine Stimme vermuten läßt. Er ist weder groß noch stark, eher ein wenig unscheinbar und schwächlich. Dennoch zieht er die Blicke aller auf sich, als er zu sprechen anhebt.

»Ich bin Arzt, und alle, die einen Arzt brauchen, können sich an mich wenden. Wer mir zur Hand gehen kann, möchte sich bitte ebenfalls bei mir melden. Bewegen Sie sich sowenig wie möglich, und stehen Sie nicht auf.«

Nicaise öffnet die Augen und schaut mich an. Dann schüttelt sie meine Hand: »Mama, Mama, du kannst doch dem Doktor helfen.« Ich bedeute ihr, still zu sein. »Aber Mama, du kannst's doch ...« Ich halte meiner Tochter den Mund zu. Suzanne sieht uns erstaunt und fragend an. Ich ziehe mich in mich zurück. Eine Nachbarin hat sich umgedreht und mustert mich. Sonst hat niemand etwas davon mitbekommen.

Was ist nur los mit mir? Warum dieser Wunsch, mich zu verstecken? Bin ich auf einmal so egoistisch geworden, so herzlos?

Ich will nicht, daß sie wissen ... Und wer wird denn glauben, daß ich, eine schwarze Frau, so etwas ähnliches bin wie ein Doktor? Außerdem habe ich auch kein Diplom vorzuweisen. Dazu hätte ich meine Ausbildung erst abschließen müssen.

Nein, ich will mich nicht um die anderen kümmern. Wichtig bin ich, wichtig sind vor allem meine Kinder und dann noch ein wenig Suzanne. Aber all die anderen, nein. Noch nicht. Nicht gleich zu Anfang. Ich habe gerade genug Kraft für uns vier, gerade genug, um gegen Hunger, Durst, Hitze und Atemnot anzukämpfen, aber nicht, um dem Wahnsinn und Tod entgegenzutreten und den anderen in ihrer Verzweiflung beizustehen.

Die Klagen im Waggon nehmen zu. Der Arzt geht von einem zum anderen, und das Weh und Ach vervielfacht sich. Seine Einsatzbereitschaft, seine Hilfe kommen zu früh, trotz seines Abwartens. Alle wollen, daß ihnen geholfen wird, wollen ihren Kummer loswerden, bestätigt werden, ohne dafür etwas zurückzugeben. Er wird seine Kräfte erschöpfen, und ich will meine nicht aufs Spiel setzen.

Aber schon höre ich die Klagen, die sich in unserer langen grauen dahinkriechenden Raupe erheben, von immer weiter entfernt. Dagegen vernehme ich deutlich eine andere Klage, ein anderes Singen – wie ein Echo in meinem Bewußtsein, eine schmerzhafte Woge, die anschwillt und mein Herz und meinen Puls klopfen läßt wie ein Schluchzen.

Was ist das für ein Singen und Jammern? Ist das die Klage derer, die »Ebenholz« genannt wurden und in den Frachträumen alter Segelschiffe nach Nord- und Südamerika verschleppt wurden?

6

Agenor

Dieser Waggon voller Abfälle und voller Verzweiflung, der immerfort wechselnde Fahrtrhythmus, all diese Gesichter mit ihren geschlossenen oder ins Leere starrenden Augen – all dies verschwindet nun aus meinem Gesichtsfeld.

Kündigt sich in mir die Totenklage an? Oder ist dieses Geräusch, das aus meiner Erinnerung aufsteigt, vielmehr ein Lobgesang an das Leben? Ist es Furcht oder Hoffnung, was sich da dicht und schwer in mir erhebt?

Kein Zug mehr, keine Raupe, nur Meeresrauschen, und ein Schiff. Und eine Klage, vererbt über Winde und Meere hinweg, der Geist meiner Ahnen, die in den Frachträumen von Sklavenschiffen umkamen.

Noch einmal öffne ich die Augen. Suzanne betrachtet mich ... Nein, Suzanne, dort, wo ich jetzt bin, können wir uns nicht treffen. Du bist hier, ganz nah, doch du befindest dich in einem Zug. Aber ich, ich bin im tiefsten Schiffsladeraum, weit zurück in der Zeit und zum erstenmal inmitten einer dreihundert Jahre alten Geschichte, an die ich mich nie erinnern konnte, von der ich plötzlich alles weiß.

Diese Sklaverei ist mir bekannt. Die Bahnhöfe der Verzweiflung heute, die Häfen des Schreckens gestern: Ich kann das Gewicht der gleichen Ketten spüren. Papa, Mama, bei euch war es verpönt, darüber zu sprechen. Aber was ist das schon? Heute heißt es, hier genau dasselbe erleben zu müssen. Und wer verbietet das? Ach, Victoire, meine Mutter, wir entkommen unserer Vergangenheit, unseren Vorfahren nicht ...

Unsere Schulbuchahnen, die Gallier... Zum erstenmal in meinem Leben fühle ich eine Erinnerung an Afrika in mir erwachen. Meine Ahnen sind nicht die Gallier, nicht einmal die Antillenbewohner, sondern, viel weiter zurückliegend, die Afrikaner. Selbst die Geschichte meiner Insel, meines Landes und meiner Heimat setzt da aus.

Wie sind meine schwarzen Vorfahren gestorben? Wer waren sie, die jetzt so plötzlich in mein Leben treten? Habe ich mir je diese Frage gestellt? Habe ich nicht meine Großmutter danach gefragt?

Wo kann ich die Geschichte der Schwarzen finden? Warum ist dieser Gesang so stark in mir? Er macht mich verlegen und erfüllt mich gleichzeitig mit Glück, bestärkt mich und bringt mich aus der Fassung. Socrate, mein Vater, Victoire, meine Mutter, seid mir deshalb nicht böse. Ich weiß, ihr mochtet es nicht, daß eure Tochter solche Erinnerungen hegte, aber jetzt sind eure Tochter, eure Enkelkinder zu Sklaven gemacht worden, jetzt brauchen sie eine andere Kraft, einen anderen Geist und andere Wurzeln, um gegen den Tod ankommen zu können. Gegen einen Toten in einem Waggon, in einem endlos langen, sich dahinwindenden Raupen-Zug.

Zum erstenmal denke ich an Afrika, träume davon, und Afrika entsteht in mir... Ein Stück Guinea, ein Stück Leben, aus dem ich herausgerissen wurde, zusammen mit anderen, Männern und Frauen aus vielen verschiedenen Völkern. Jetzt sitzen, liegen, winden sie sich eng eingezwängt in einem dunklen Schiffsbauch. Sklaven... aber noch nicht ganz, zuerst noch Gefangene, Verschleppte, aufsässig und rebellisch. Es gibt Tote, Kranke und Verletzte unter ihnen, Frauen und Kinder. Aber trotz allem, sie haben zu vielen überlebt, oder? Sie sind auf der anderen Seite des Ozeans angekommen, da drüben, oder etwa nicht? Und warum? Dank welcher Kräfte?

Auch ich muß überleben, überleben für meine Kinder. Wie meine Ahnen muß ich Rebellin werden und Widersacherin.

Mit mir sind der Gott des älteren Herrn hier, meines Platznachbarn, der wieder Platz nahm, der Gott meiner Mutter, der Gott der Weißen und die große Mutter, die Jungfrau Maria, Mutter der Weißen... Doch das ist nicht genug: Ich brauche noch einen anderen Gott, den Gott der Schwarzen, einen schwarzen Gott, siegreichen Sklaven – einen von der Art, die meine Großmutter Ausbrecher nannte.

Einen Virus des Widerstands und der Unbeugsamkeit, das ist es, was ich mir einimpfen muß. Ich brauche eine innere Kraft, dieselbe, die meine Vorfahren am Leben erhielt. Die Vergangenheit, von der ich nichts erfahren habe, war eine Vergangenheit des Furors. Diese Wut brauche ich hier und jetzt. Nicht das Toben der Panik, des Wahnsinns und des Todes, sondern eine gezügelte Wut, eine erneuerte, gewollte und herbeigewünschte Wut. Beten. Ich muß beten um diese schwarze, furiose Kraft. Beten... zu wem?

Ein Name, ein schwarzer, kupfern schimmernder Name, mächtig und von weit her, steigt in mir auf und explodiert: Name meines Gottes! Name meiner geläuterten Wut! Agenor!

Gibt es denn diesen Namen? Gibt es diesen Gott? Ja! Agenor, Du lebst! Denn tief in meinem Innern fühle ich Dich, machtvoll und gelassen. Agenor, erfülle mich mit Deiner Kraft! Ich nehme die Ketten meiner Ahnen an. Ich weiß, mit Dir werde ich sie sprengen. So, wie ich meine eigenen Ketten sprengen werde. Alles in mir wird gleichzeitig befreit werden: Ich werde eine freie und starke Frau sein. Eine schwarze und freie Frau, eine weiße und freie Frau. Ich werde eine freie Französin sein und eine freie Afrikanerin. Noch niemals habe ich mich gleichzeitig so schwarz, so afrikanisch und so französisch gefühlt. Wäre ich in diesen Zug gesperrt worden, wenn ich nicht Französin wäre? Und woher sollte ich diese tiefe Kraft des Aufbegehrens kennen, wenn ich nicht schwarz wäre?

Und wie könnte ich in diesem lichtlosen und fast völlig unbelüfteten Waggon hier den leichten, milden Wind spüren, wenn ich nicht meine geliebten Inseln kennengelernt hätte? Für Dich, Agenor, erklingt mein Abschiedslied von damals: »Adieu foulards, adieu madras, adieu grain d'or, adieu colliers-choux ...«

Schwarzer Gott, weißer Gott, werdet eins in mir! Und Du, Maria, die Du weder schwarz noch weiß bist, sondern schwarz und weiß zugleich, Du Strahlende, Elfenbein und Ebenholz, komm und befreie mich! Komm und befreie mein Afrika, meine Inseln, mein Frankreich! Du von den Weißen vergessene Heilige, sei in mir, erfülle in mir Dein Schattenreich und finde den schwarzen Gott, den sein Volk vergessen hat! Agenor und Maria! Maria und Agenor! Eure Tochter bin ich, stärkt mich gegen den Tod, der keine Hautfarbe kennt.

Oft braucht ein Volk Jahrhunderte, um eine Religion zu entwickeln. Mir haben ein paar Sekunden genügt, den vielfachen Gott zu erkennen, den ich brauche – für mich, für meine Kinder, für Suzanne und auch die anderen. Vielleicht werde ich nie wieder die Zeit haben, nachzudenken und zu beten, doch jetzt habe ich meinen Gott geboren. Oder ist er es, der mich zur Welt gebracht hat? Mitten in diesem Todeszug bin ich am Leben und weiß, daß nichts meine Wurzeln und meine jungen Triebe in die Zukunft töten kann, daß nichts mich zu zerstören vermag. Jetzt bin ich soweit, bereit, den anderen zu helfen.

Agenor wird mich stark machen, Maria wird meine Hand führen. Ich werde jetzt aufstehen und dem Arzt sagen ...

»Sie stirbt! Ich sage Ihnen, sie stirbt mir hier. Doktor, ich flehe Sie an!«

Schon bin ich bei dem jungen Mädchen und seiner Mutter, noch bevor der Arzt herbeigeeilt ist. Es ist das junge Mädchen, das vorhin diesen Singsang intonierte. »Ach Rachel, meine Rachel! ... Sehen Sie nur«, sagt die Mutter zu mir hin, »sie wird sterben.« Sie sieht mich eindringlich und zugleich verzweifelt an. Dann beschwört sie mich: »Nun wenden Sie Ihre Zauberei an. Bitte, helfen Sie ihr!«

Zauberei? Zu anderer Zeit, an einem anderen Ort hätte ich laut losgeschrien, sie geohrfeigt oder mich wortlos umgedreht und wäre gegangen. Es gibt nur wenige Weiße, die akzeptieren können, daß ich Krankenschwester bin und kaum weniger kompetent als irgendein Medizinstudent. Wir alle tragen die gleichen weißen Kittel und haben dieselben Handgriffe gelernt...

Aber hier und jetzt scheint mir die unbedarfte Bitte dieser Frau eine andere Bedeutung zu haben. Vielleicht ist dies ihre Art auszudrücken, was sie an mir wahrnimmt. Sie nennt es Zauberei, und woher soll sie auch etwas von Agenor wissen. Ich kannte ihn selbst bis vor kurzem noch nicht. Wir sind unseresgleichen, aber unsere Geschichten sind verschieden. Sie hat nicht dieselben Bilder im Gedächtnis und vor Augen wie ich. Ihre Bilder kommen von hier, aus einem kleinen Dorf mit rotem oder grauem Kirchturm oder aus Paris mit seinen großen Boulevards, seinen Markthallen... Von einer Insel wie Martinique oder von Afrika kennt sie mit Sicherheit nur farbige Abbildungen – die Reproduktion der Reproduktion –, eine fremde, komplizierte und zu »verzauberte« Welt, als daß sie sie verstehen könnte.

Und ich? Kenne ich Agenor denn wirklich? Vor ein paar Augenblicken erst kam er hier zur Welt, und sind seine Geburt, überhaupt seine Existenz nicht auch ein wenig magisch? Zauberin oder Krankenschwester, Schwarze oder Weiße – ist das wirklich von Bedeutung?

Rachel, die ich nicht kenne, doch die mir nah ist wie eine Zwillingsschwester, Rachel braucht einen Menschen, der ihr beisteht, und ihre Bedürftigkeit fragt weder nach Diplomen noch sonstigen Ausweisen. Sie braucht Geist, denn ihr Geist will aufgeben, und sie braucht Atem, denn ihr Atem wird schwächer.

7

Rachel am Ufer des Flusses

Ich sehe an ihren Schläfen Schweißbäche herunterrinnen und trockne sie mit einem Zipfel meines Kittels ab. Rachels Mund steht halb offen, ein Speichelfaden läuft heraus. Ihre großen starren Augen wirken wie Pfützen. Sie atmet ganz flach. Die Mutter ist nun beiseite gerückt, und ich nehme das junge Mädchen in die Arme wie ein kleines Kind. »Ich bin Krankenschwester...« Ob diese Versicherung, die durch nichts zu beweisen ist, vielleicht die Frau eher beunruhigt? Aber schließlich kann ich nicht sagen: »Ich bin Zauberin.«

Der Arzt läßt mich gewähren. Hier in diesem Güterwaggon, wo nicht weniger als alles fehlt, weiß keiner so gut wie er, wie nichtig unsere Diplome, Titel und unser gesammeltes Wissen sein können. Doch das Wort Krankenschwester hat gewirkt. Alle um uns herum, die es gehört haben, werden mit einemmal ruhig. Vom gegenüberliegenden Wagenende folgen Désiré, Nicaise und Suzanne meinem Tun mit aufmerksamen Blicken. Ich lächle ihnen kurz zu, bevor ich mich wieder über Rachels Gesicht beuge.

»Ich bin Krankenschwester. Ich bin Sidonie. Ich komme von Agenor. Agenor ist gut. Er ist Herr über Lüfte und Wasser. Er ist das Licht im Dunkel...« Meine Worte sind nur ein Flüstern an ihrem Ohr. Außer ihr kann mich niemand hören. Aber wird sie mich denn hören?

»Rachel, kleine Rachel, höre mir zu. Agenor und Maria sind auch für dich da. Sie sind das Leben. Und du wirst leben. Sie sind die Kräfte der Liebe und des Hasses, die in dir wirken werden, unzertrennlich. Nie wirkt eine ohne die andere. Du wirst den Tod hassen, diesen Güterzug und die Düsternis und Trockenheit hier drinnen. Du wirst hassen, um lieben und leben zu können. Agenor ist ein Baum, ein riesiger Baum, und wie du braucht er Wasser. Maria läßt dieses Wasser der Liebe und des Hasses zu seinen Füßen fließen, sie benetzt sein Blattwerk mit feinem, mildem Regen, damit der Baum weitere Wurzeln schlagen und seine Äste weiterwachsen lassen kann ...«

Ich weiß nicht, woher mir diese fremde Theologie zufällt. Es sind vielmehr Bilder, die sich vor meinen Blick auf das schweißgebadete Gesicht Rachels schieben. Rachel ist sicherlich Jüdin. Agenor und Maria kennt sie bestimmt nicht, beide sind ihr fremd wie ich, wie mein schwarzes Gesicht und meine helle Stimme. Doch gewiß kennt sie einen anderen Gott, der mir unbekannt ist, und andere Worte, andere Formeln. Agenor wie Maria tun jedoch das Ihre. Ich weiß nicht, ob Rachel mich versteht, aber ich merke, daß meine Bilder in sie eindringen.

Im Augenblick bin ich noch nicht stark genug, ganz bei ihr auszuharren. Eine kleine Bewegung, ein kaum hörbares Rascheln läßt mich herumfahren und schauen. Suzanne ist aufgestanden und reicht hinauf zur Notbelüftung. Sie nimmt die Keramiktasse ganz vorsichtig herunter. Sie sieht zu mir hin und dreht den Becher nach unten, zum wortlosen Zeichen dafür, daß er leer geblieben ist. Wie hat Suzanne nur wissen können, daß mein Sprechgesang von Wasser, Fluß und Regen handelte? Zum Glück brauchen weder Rachel noch ich im Moment wirklich Wasser.

»Das Gebirgswasser ist frischer, klarer und lebendiger. Es ist so wie das Wasser zu Füßen von Agenor, zu Füßen seines göttlichen, wunderbaren afrikanischen Baumes, dessen Wurzeln und Laub die Ozeane überspannen und meine Inseln beschützen. Von ihrer Erde nährt er sich und spendet ihr seinen Schatten: der geheiligte Baobab. Das Wasser aus den Bergen reinigt die Straßen, die Lebewesen, den Stein, die Erde der Menschen.

Das Leben, das wirkliche Leben besteht aus so vielen kleinen und großen, bunten und rauschenden Dingen, egal wie sie erscheinen. Die hübschen kleinen Wasserfontänen von Saint-Pierre, die in Hausecken oder Mauern entlang der Boulevards und Parkanlagen eingelassen sind, schau Rachel, sieh nur die glitzernden Wasserschnüre aus den steinernen Löwenmäulern heraussprudeln. Und das frische, gleißende Wasser der *Roxelane*...

Alle Wäscherinnen von Saint-Pierre versammeln sich an ihren Ufern. Ich liebe es, ihnen dabei zuzusehen, den Fluß rauschen und singen zu hören, im Rhythmus ihrer Rufe und ihrer lauten, manchmal kreischenden Unterhaltung, während sich oben an die Geländer der Bürgersteige ab und zu Schaulustige lehnen. Gegen Mittag tauchen die Straßenhändlerinnen auf. Sie tragen ihre Körbe mit preiswerten Speisen: *morues, macadam, chélou, acras*... auf dem Kopf. Dann machen die Wäscherinnen ihre Pause, beenden das Klopfen und Spülen der großen Wäschestücke und essen, bequem auf einem Stein sitzend und mit den Füßen im Wasser, lachend und schwatzend ihre Portionen auf einem fettigen Papier oder Baumblatt. Wenn sie fertig sind und Gesicht, Arme und Brust mit Wasser bespritzt haben, wenn die Wasserperlen auf ihrer Haut glänzen, so wie bei dir, Rachel, dann nehmen sie ihre Arbeit wieder auf und wringen und spülen bis zum frühen Abend. Zum Schluß legen sie ihre Wäsche zusammen und knoten sie zu einem Bündel, das sie sich dann auf den Kopf setzen. Und so gehen sie nach Hause. Niemand, der sie einmal gesehen hat, mit ihren eng um die Hüften geschlungenen vielfarbigen Madrasröcken, ihrem aufrechten, königlichen Gang und Schritten, die an das Fließen des Wassers erinnern, wird sie je wieder vergessen.

Gewiß, Rachel, du kennst diese Bilder nicht, aber du wirst dich an sie erinnern. Und so wirst du meine Schwester sein, die Tochter von Maria und Agenor, Tochter von Socrate und Victoire. Du wirst den Wahnsinn und den Tod besiegen. Du und ich, wir werden an derselben Quelle unsere Taufe empfangen, mit demselben heiligen Wasser...

Ich zeige dir noch mehr: baumhohe Farne und den *arbre des voyageurs,* die riesigen Waldlianen, die stillen *parnasse,* die hohen Kolonnaden der Palmen und *angelins,* die sich mehr als zwanzig Meter hoch über den Uferweg erheben, vorbei am Wasserfall... die *Allée des duels* entlang... Dort ist es still, es ertönt kein Laut, keine Klage. Man hört nur das Wasser über Vulkangestein springen, nur die Eidechsen, Kröten und kleinen Baumfrösche. Das ist das Universum der Liebe und des Hasses von Agenor: Das kleinste Tierchen ist von seinem Wasser und seiner Kraft durchdrungen, dank derer es überlebt...

Dort gibt es nichts zu sehen, keinen Menschen weit und breit, nur von Menschen Erschaffenes, das von der Natur Stück um Stück wieder aufgesogen wird. Doch auch der Mensch ist stark... Beinahe befällt einen eine Furcht, ja Rachel, aber es ist eine gute Furcht, so, wie wir sie vor sehr großen und sehr einfachen Dingen empfinden. So, wie man den Tod fürchtet, und das ist gut so, diese Furcht gegenüber dem Tod ist Ausdruck des Lebens.«

Rachels Gesicht ist unbewegt, aber ich weiß, daß sie eigentlich lächelt: Ihre Augen sind jetzt heller, und an ihren Schläfen rinnt kein Schweiß mehr herunter. Das Wasser der *Roxelane* hat alles mit sich genommen und geklärt. Meine Worte haben dieselben Bilder vor ihren Augen entstehen lassen, die vor mir vorüberzogen, und die Spiegel ihrer hellen Augen haben in meinen dunklen Augen neue Kraft geschöpft.

Ja, ich bin ganz sicher, daß Rachel in der Dunkelheit des Waggons all diese Bilder genau wie ich vor sich gesehen hat, obwohl sie ihr ganz fremd sein müssen. Inmitten dieses ekelerregenden, lichtlosen Zuges ist mein Land aus Licht und Farben, aus Düften und Wind zur Heimat für alle hier geworden, denn alle brauchen sie.

»Farben, noch mehr Farben. Und Wohlgerüche, Düfte...«

Ist Rachel krank im medizinischen Sinn? Oder ist sie nur ein erstes Opfer dieses grauen, dreckigen Transportwurms, der sich mit Toten und Verletzten, mit ekelhaften Krankengerüchen und Fäkalien in seinem ungeheuerlichen Gedärm über die Gleise windet?

Alle erleichtern sich, wie sie können, wie auch anders? Selbst die Zurückhaltendsten verlieren ihre Hemmungen. Meine Kinder haben sich lange beherrscht, aber schließlich mußten sie ihrem Drang nachgeben. Wie ich selbst auch und wie alle anderen hier. Aber ein Problem dabei ist die Hygiene. Wir sitzen im Urin und den Exkrementen fest, und es wird immer anstrengender, Atem zu holen.

»Ja, Rachel, ich will dir gerne von Düften und Farben erzählen...« Wahrhaftig, Menschen sind seltsame Wesen. Einerseits können sie sich von den fremdartigsten Bildern wie von Essen und Trinken ernähren und dadurch gesund werden, andererseits können sie an Erniedrigung genauso sterben wie an einem gefolterten Körper.

Bilder und noch mehr Bilder, aus meinem fröhlichen, festlichen und so weit entfernten Saint-Pierre. Sein Karneval mit seinen großartigen Kostümen, seinen tanzenden, leuchtenden Farben, Saint-Pierre mit seinem bunten Wirbel aus Madras und allen möglichen Waren, Früchten, Gemüsen, Fischen auf dem Markt unter den *tamariniers* der *Place Bertin*. Ob die Händlerinnen wohl je dachten, daß sie eines Tages den unglücklichen Insassen eines elenden grauen Güterzuges Träume zu bieten hätten?

Rachel ist mir in diesen Traum aus Farben gefolgt, wie auch Nicaise und Désiré. Sie lassen mich nicht aus den Augen, trinken meinen Blick förmlich, wenn ich mich nach ihnen umsehe. Sie kennen und lieben meine Geschichten, meine »Medizin«, sie mögen die vielen bunten Bilder, die ich für sie herbeizaubere, wenn sie Fieber haben oder aus einem Alptraum aufwachen. Aber Agenor kennen sie noch nicht, ihn, der mir geholfen hat, Rachel zu retten.

Hoffentlich werden sie nicht zappelig wegen Rachel, der ich die einzige Behandlung angedeihen lasse, die in meiner Macht steht. Wie gerne würde ich auch zu Suzanne sprechen oder der schwangeren Frau, die mir anfangs geholfen hat, oder zu Jeans Mutter und Vater und dem alten Arzt – zu allen, die unter der Dunkelheit, der muffigen Hitze, der Angst und dem Gestank hier drinnen zu leiden haben.

Wenn sie nur den frohen, lärmenden Wirbel der Marktrufe und der kreolischen Unterhaltungen hören könnten! Die halb geschrienen, halb gesungenen Anpreisungen der Erdnuß- und *Lokios*verkäuferinnen: *»Moin ni lokios, moin ni tablèt coco… Agaçant désolé pa lé vin pam-palam!«* Schreie, Rufe, Lachen – Klänge des Lebens, und nicht die heiseren, verzerrten Trompetenstöße des Todes. Den Gesang eines kleinen, besonderen Stückes Frankreich am gegenüberliegenden Ende des Ozeans, eines Eilandes, wo die Sonne so intensiv ist, daß sie bis in das Innere einer häßlichen, vollgestopften Raupe dringt… »Es geht ihr besser. Sie hat kein Fieber mehr.« Rachels Mutter holt mich aus meinem Wachtraum heraus. Sie hat eine Hand auf die Stirn des jungen Mädchens gelegt, einen Kamm aus ihrer Tasche geholt, und nun kämmt sie ihrer Tochter das üppige Haar. Zu welchem Anlaß? Wegen des neuen Lebens, das sie bei meinen fröhlichen Leuten wiedergefunden hat? Dort, auf den Inseln, wäre ihr dichtes schwarzes Lockenhaar sehr beliebt…

Das junge Mädchen hat sich wieder aufgerichtet, nachdem ich meine Umarmung löste. Sie ist ins Leben zurückgekehrt. Bin ich es, die dieses Wunder vollbracht hat? Ist es die Kraft, die aus meinem Schwarzsein kommt, ist es meine lebendige Erinnerung an die vielen leuchtenden Farben?

Nein, ich weiß, wer Rachel dem Tod entrissen hat: Es ist Agenor! Agenor, dessen Name in mir erklingt wie eine Dankeshymne. Er hat uns das Geschenk eines Lebens bereitet, weil eine Stimme, meine Stimme ihn bei seinem Namen gerufen hat. Innerlich juble ich: »Agenor ist Herr des Lebens.« Aus der Höhe seiner Macht antwortet er meiner Stimme, und auch sie ist mächtig. Was habe ich von nun an noch zu befürchten, für mich, für meine beiden Kinder und für alle, die ich zu den Meinen zähle?

Ich bin auf meinen Platz zurückgekehrt. Die Kinder fühlen sich so warm an, etwas zu warm, und ihre Pulse sind verlangsamt. Sie atmen mit offenen Mündern. Sie haben keine Bitten und Wünsche mehr an mich; ich denke, sie haben begriffen, daß ich ihnen nichts geben kann. Unsere Vorräte sind erschöpft, und Désirés Becher klackert immer noch leer im Rhythmus der Räder gegen die Wagenwand. Hinter uns und vor uns nichts als Schienen, und nur sie kennen unseren Bestimmungsort...

Désiré, Nicaise und ich haben uns nichts mehr zu geben als die Nähe und den Kontakt unserer Körper. Und so schlafen wir ein.

Als ich die Augen wieder aufschlage, gleitet ein Lichtstrahl hinterhältig schräg durch die Dachluke den ganzen Waggon entlang. Er macht eine Schreckensvision sichtbar: Alle sehen aus wie Tote.

Ich schüttle Désiré, schüttle Nicaise, deren Atem mich erschreckt. »Nicaise, komm, Nicaise, wach auf, wir gehen ein bißchen Luft schnappen.« Schon bin ich auf den Beinen, zwar etwas wacklig, aber ich nehme sie auf den Arm. Das geht sehr leicht. Nicaise hat kaum Gewicht heute morgen... Ich steige über Suzannes Beine, und da umfaßt auch schon ihre Hand vorsichtig mein rechtes Fußgelenk, um meinen Schritt zu führen. Ich bleibe mit Nicaise unter einem Einlaß der Notbelüftung stehen, und wir holen zusammen tief Luft. Außer einem kleinen Rechteck blaßweißen Himmels können wir nichts erkennen. Die Luft wirkt belebend. Das Rütteln des Waggons bringt mich zum Schwanken. Wenn wir auf unsere Platznachbarn fallen, riskieren wir, gelyncht zu werden. Ich strenge mich an zu balancieren, und meine Waden schmerzen schon vor Anspannung. Ich darf auf keinen Fall mit Nicaise hinfallen. Sie hängt sich oben an die Öffnung und hält sich fest, um sich leichter zu machen. »Es geht schon wieder, Mama. Wir können uns ruhig wieder hinsetzen. Mir geht's viel besser.«

Wie lange sind wir jetzt hier drinnen? Ich kann es nicht sagen. Vielleicht schon seit immer. Niemand bewegt sich. Wie viele tote Körper, gestorbene Hoffnungen, gebrochene Herzen mögen hinter den geschlossenen Augen und den durchscheinenden Gesichtern in diesem Waggon versammelt sein? Und in dem Wagen vor uns, in dem hinter uns? Und wie viele von uns werden noch am Leben sein – körperlich und geistig –, wenn der schwarze Kopf unserer endlos langen grauen Raupe an den Schlußprellbock stößt?

Die Stille ist furchtbar, und die kaum noch wahrnehmbare Zeit scheint ihren Rhythmus weiter zu verlangsamen, wie ein Herz, das immer langsamer schlägt. Oder wie der erste Zug, in den wir einsteigen mußten vor langer, langer Zeit.

Irgend jemand im Raum nimmt mit einem Wort wieder Kontakt zur Wirklichkeit auf: »Der Zug wird langsamer. Wir werden bald anhalten...«

Und plötzlich überfällt mich eine Art Panik. Beim ersten Anhalten hatte ich mich noch gefreut. Doch der nächste Zug führte uns einem größeren Schrecken zu. Jetzt bekomme ich Angst. Wird wieder ein Zug auf uns warten? Wohin wird er uns bringen? Ich kann mir nicht mehr vorstellen, daß um uns herum irgendeine Landschaft existiert. Die einzig wirklichen Bilder sind für mich jene, die aus meiner Erinnerung aufsteigen, aus meinem Herzen, meinem Bauch, meinen Gedanken und meinen Träumen: die Bilder aus meinem Land. Was meine Mitmenschen hier wohl hinter ihren geschlossenen Lidern vorbeiziehen sehen? Was mögen sie aus ihren Vorleben mitgebracht haben? Wo sind die Puppen von Rachel? Die Diplome des Arztes? Die Bücher von Suzanne?

Alle besitzen nur noch den unerklärlichsten Teil ihres Lebens: das bloße Leben selbst. Was kann man uns noch wegnehmen?

8

Sie wissen es

Nun steht der Zug still. Désiré und Nicaise lecken sich die Lippen wie immer, wenn sie sich auf etwas vorbereiten. Draußen sind schwere Schritte vernehmlich, die auf einer Art Kies oder feinem Schotter knirschen. Dann ertönen Befehle, laute, gebieterische Stimmen. Schließlich dumpfes Krachen gegen die Schlösser unseres Gefängnisses. Laute Stimmen und Schläge gegen Metall, wie am Anfang...

Langsam und quietschend gleitet die Tür auf den rostigen Rollen zur Seite. Alle sind wir plötzlich vom Licht draußen geblendet, und die frische kalte Luft erschreckt uns. Das verschlägt zuerst den Atem und macht uns starr, uns, die noch vor ein paar Minuten nur hier heraus wollten! Wie angewurzelt und fast blind sitzen wir da. Nur die Überlebenden werden aufstehen können. Wie viele werden in diesem Waggon liegenbleiben? Wir sehen aus wie aschfahle Larven, die unter einem schweren Stein sitzen und plötzlich aufgedeckt werden. Das Licht, die Luft, die Weite – haben wir damit überhaupt noch etwas zu tun?

Dieses rechteckige, gelobte weiße Loch, diese offene Tür macht mich schwindlig. Meine Zwillinge halten ihre Fäuste vor die Augen.

Befehle werden mehrmals geschrien, übersetzt, weitergegeben: Wir sollen nur leichtes Gepäck mitnehmen, die schweren Koffer, die Toten und die Kranken im Waggon zurücklassen. Doch was heißt hier krank? Wir alle sind krank, haben Fieber, Hunger, Durst und sind völlig erschöpft.

Ich packe den kleinen Becher schnell wieder ein und schnüre mit dem Band meinen Schuh zu. Suzanne und ich helfen den Kindern beim Aufstehen. Wir fassen sie geschwind unter die Achseln und heben sie hoch. Désiré taumelt einen Moment lang, solange halte ich ihn fest, damit er nicht fällt. Aber Nicaise rutscht völlig schlaff durch die Arme Suzannes. Ich stürze hinzu, hebe sie wieder hoch und schreie: »Auf, Nicaise, sei lieb! Du mußt aufstehen!« Am liebsten würde ich sie ohrfeigen, sie zwingen, sofort gerade zu stehen. Was ist aus der schönen Selbstsicherheit von Agenors Adeptin geworden? Panik greift mir an die Kehle. Ich sehe nur noch, daß alle, die nicht mehr aufstehen können, schon so gut wie gestorben sind. Aber Nicaise ist nicht tot, sie soll leben. Sie ist nur völlig erschöpft, wie es für ein kleines Kind von fünf Jahren nach einer solchen Fahrt normal ist.

Als erste sind die Männer ausgestiegen. Sie helfen Frauen und Kindern von den hohen Trittbrettern herunter. Suzanne hat mir Nicaise wieder abgenommen: »Lassen Sie nur, ich kümmere mich schon um sie.« Sie nimmt sie hoch, setzt sie sich seitlich auf die Hüfte, ein Bein nach vorn, eins nach hinten, und schiebt mich weiter in Richtung Ausgang. »Gehen wir, hier haben wir nichts mehr zu tun.« Einige unserer Weggefährten weigern sich auszusteigen. Ich will mich umdrehen, will wissen, wer und warum. Ich will erfahren, was sie befürchten, was sie ahnen, doch Suzannes Hand packt mich fest an der Schulter: »Was hier geschieht, geht uns nichts mehr an.«

Woher kommt diese Energie, diese Autorität und Entschlossenheit bei ihr? Bis jetzt sah es für mich so aus, als sei die starke Frau von uns beiden eher ich. In der Nacht war ich stark, sogar sehr stark. Aber seit der Zug angehalten hat, fühle ich mich schwach und elend. Während Suzanne sich aufrechter hält als gewöhnlich und bestimmt und konzentriert ist. Ihre erkennbare Willenskraft erweckt den Eindruck, als wüßte sie, wohin sie geht. Vielleicht liegt hierin der Sinn unserer Begegnung, in der Ergänzung unserer Kräfte, in der Unterschiedlichkeit unserer Stärken?

Im übrigen habe ich das dumpfe Gefühl, daß seit unserer Abfahrt, seit wir vom Schloß abgeholt wurden, einige von uns genau wissen, warum wir weggebracht werden und wohin. Niemand hat etwas verlauten lassen, doch ich bin mir sicher, daß von der Reithalle zum Reisezug, vom Zug zum Transporter, vom Wagen zum Viehwaggon immer mehr Leute Bescheid wußten und schwiegen. Warum? Warum wurde unseren wortlosen Fragen eine Antwort verweigert? Verschlossene Münder bei der Frage, verschlossene Münder bei der Antwort...

Der Kontakt mit festem Boden unter den Füßen ist hart. Ich merke, wie Désiré taumelt, und ich selbst schwanke auch. Ich drehe mich zu Suzanne um. Nicaise hängt völlig kraftlos in ihren Armen, ihr kleiner Kopf schaukelt hin und her wie bei einer Stoffpuppe. Ich rufe ihr zu: »Nicaise! Nicaise, wach auf!« Ganz langsam und mit Mühe zieht sie die Augenlider hoch, blinzelt in die Helligkeit und macht sie gleich wieder zu. Mir ist, als müßte ich laut losbrüllen, damit sie aufhört zu schlafen, aufhört zu sterben. Suzanne packt mich am Ellbogen, schüttelt mich, und plötzlich höre ich sie mich duzen: »Du kümmerst dich jetzt am besten um deinen Sohn. Deine Tochter übernehme ich. Du kannst mir vertrauen. Hier kann man nicht mit allem alleine fertigwerden. Ich glaube, jetzt wird es schwieriger. Und ich schwöre dir, ich kümmere mich um Nicaise, als wäre sie meine eigene Tochter.«

»Suzanne, ich bitte dich, sag mir, was du weißt! Wo sind wir hier? Wohin gehen wir?« Suzanne schaut geradeaus vor sich, weigert sich, mir zuzuhören und zu antworten. Sie also auch! Sie auch! Sie ist Teil dieser stummen Verschwörung. Am liebsten würde ich sie jetzt schütteln und anschreien.

Wo sind wir hier nur? Wohin müssen wir gehen? Warum will mir niemand etwas sagen?

Ich sehe nichts als Füße, Schultern, Gesichter vor mir; eine ganze Kolonne läuft am Zug entlang. Wie gestern, wie am

Vortag, wie vor langer, langer Zeit... Aber diesmal gibt es keinen Schnee, und die Kinder haben keine Lust mehr zu spielen. Ich erkenne meine nächsten Mitreisenden nicht wieder. Wo ist Rachel, wo ist ihre Mutter? Und der Arzt? Wo ist die Schwangere? Wo ist die Frau geblieben, die sich vorhin weigerte auszusteigen? Und wo ist das alte Ehepaar, das Jeans Eltern so ähnlich sieht?

Ich brauche die Blicke dieser Weggefährten und Fremden, die der Schrecken unwiderruflich mit mir zusammengeführt hat, wie Spiegel. Ob es um mich herum wohl noch Leute gibt, denen es auffällt, daß ich schwarz bin? Die meiner Hautfarbe Bedeutung beimessen? Sind wir nicht mit einemmal zu ein und demselben blassen Volk geworden?

Agenor hat seine Kraft in mir verloren. Kein Gesang, keine Farben, keine kreolischen Worte oder würzigen Düfte beleben mehr mein Herz. Bis vor kurzem habe ich mich für so stark gehalten wie das Leben selbst. Mit der Erinnerung an meine Inseln fühlte ich mich stärker als alle anderen. Jetzt ist alles weggewischt wie die Umrisse des Inselarchipels im Dunst, weg wie versunken hinter dem Horizont, als ich das Schiff bestieg und den Ozean überquerte. Nur für einen Augenblick sehe ich diese anderen Mitreisenden wieder vor mir. Auch sie waren aufgeregt und nervös, aber es war die frohe Erwartung, Frankreich wiederzusehen oder zum erstenmal zu entdecken.

Heute gehöre ich nicht zu einer Gruppe, sondern zu einer Herde. Und plötzlich wird mir klar, warum ich an Tiere denken muß: Drahtzäune, die an Holzpfosten befestigt sind! Der Zug hat inmitten eines Drahtverhaus angehalten. Weit und breit weder ein Bahnsteig noch ein Bahnhof und auf dem Boden Schotter und Schlacke oder etwas Ähnliches, vergilbtes Gras und viel kurzes, zertretenes Moos. Alles sieht aus wie nördliche Erde, die von Schnee und Frösten bearbeitet wurde, zum Ende des Winters gewöhnlich aussieht.

Die Sonne – soweit sie hier diesen Namen überhaupt verdient – scheint blaßgelb hinter einem grau-gelblichen Dunst.

Es ist sehr kalt. Das hatte ich zuerst gar nicht bemerkt. Wir waren im Waggon so an die stickige Hitze und den kalten Schweiß gewöhnt, daß sich jetzt mit einemmal der Frost wie eine riesige Hand auf meine Brust legt. Ich zupfe Désirés Kragen hoch, so gut es eben geht, um ihn vor dieser unerträglichen Widrigkeit zu schützen, die ich für tödlich halte. Suzanne macht bei Nicaise dasselbe.

»Ich kann da vorne ein paar Gebäude aus Holz erkennen. Da können wir uns vor der Kälte retten ...« Suzanne hat ihren Satz noch nicht zu Ende gesprochen, da kommt ein deutscher Soldat angelaufen und zerrt an ihrem Arm. An dem Arm, der meine Nicaise hält!

»Die Kranken bleiben im Zug!«

Ich bin drauf und dran, zu brüllen, zu ohrfeigen, zu kratzen und zu beißen – nicht Suzanne, sondern diesen Deutschen, den wirklichen Feind. Doch Suzanne ist schneller und wirft mir einen absolut gebietenden, beinahe bösen Blick zu, der mich auf der Stelle bannt, um gleich dem Soldaten mit einem Lächeln zu antworten: »Nicht krank, nur müde. Sie schläft.« Doch der Soldat zerrt noch einmal an ihrem Arm, und Nicaise gleitet an ihrem Bein hinunter. Ich unterstütze sie unauffällig von hinten und halte sie aufrecht, indem ich Désiré gegen sie lehne. Das Täuschungsmanöver glückt, Nicaise scheint zu stehen. Aber wie lange kann sie so verharren? Egal, der Soldat hat sich bereits auf dem Absatz umgedreht.

Währenddessen hat uns die Masse der Mitfahrenden überholt. Niemand von ihnen hat sich nach uns umgesehen, wir setzen uns schnell wieder in Bewegung, um nicht zurückzubleiben. »Geben Sie um Himmels willen nie an, daß sie krank ist!« Ich erkenne die Stimme hinter mir, sie gehört dem alten Arzt. Ich drehe mich zu ihm um: Er läuft nicht mehr, sondern schleppt sich nur noch. Sein Sprechen ist auch weniger ein Sprechen als ein Japsen und Nach-Luft-Ringen. Seine Haut sieht wächsern aus. Von seiner Kleidung geht ein übler Geruch aus: Schweiß, Krankheit und Exkremente. Als ob er das

Leid all der vielen Menschen, denen er geholfen hat, auf sich vereinigte.

»Ich werde nicht mehr lange mithalten können, aber Sie, Sie alle vier müssen durchhalten! Seien Sie stark, oder tun Sie einfach so. Dieser Ort ist nicht für Schwache, denken Sie dran! Und jetzt gehen Sie, laufen Sie, und schauen Sie sich nicht um!« Damit drückt er mir seine Hand auf die Schulter und schiebt mich an, schickt mich nach vorne.

Suzanne ist schon weitergegangen und ruft mir zu: »Er hat recht. Komm her und schau nach vorne, wenn du dich und deine Kinder retten willst!«

9

Ein Fabrikschlot

»Name?«
Sidonie, Sidonie Hellénon. H..E..L..L, zwei L, ja, zwei!
»Alter?«
Fünfundzwanzig. Fünfundzwanzig Jahre.
Ich zeige mit den Fingern beider Hände zweimal zehn und einmal fünf.
»Beruf?«
Ich verstehe nicht.
»Profession?« flüstert mir Suzanne die Übersetzung ins Ohr. Was sage ich nur? Krankenschwester? Medizinstudentin? Hier brauchen sie bestimmt Personal im Gesundheitsbereich. Vielleicht behandeln sie einen dort auch besser. Vielleicht könnte ich mich ein wenig freier bewegen und herausfinden, wo Désiré geblieben ist... Also riskiere ich es: »Doktor. Ich Doktor.«

Endlich sieht der Offizier von seinem großen Register voller Kolumnen auf und blickt in meine Richtung. Er mustert mich eindringlich. Dann bricht er in Gelächter aus. Er wendet sich an seinen Nachbarn, der ein ähnliches Register ausfüllt, und sie betrachten mich beide. Jetzt richten sich aller Blicke, die der Deutschen wie der Franzosen, auf mich. Die Deutschen können gar nicht mit dem Lachen aufhören. Aus der Reihe neben uns erhebt sich eine Stimme: »Das stimmt! Sie ist Doktor. Hat meine Tochter geheilt!« Ich schaue nicht zurück, denn ich weiß sofort, wer da meine Verteidigung übernommen hat.

Irgend jemand bellt einen Befehl, der Ruhe gebietet. Ich überlege. Vielleicht ist jetzt der Moment, in dem ich fragen sollte, warum ich überhaupt hier bin, warum meine Kinder mit mir verhaftet wurden und warum mir Désiré weggenommen worden ist.

Hinter mir ist Totenstille eingekehrt. Und zugleich höre ich Hunderte von Frauenstimmen, einen lautlosen inneren Chor, der anschwillt und meine eigenen Fragen aufnimmt und verstärkt: »Warum sind wir hier? Was soll hier aus uns werden? Welche Schuld haben wir?«

Ein knapper Befehl holt mich in die Wirklichkeit zurück, noch bevor ich eine Erklärung hätte verlangen können. Der Mann vor mir sieht mich nicht mehr an. Wie sein Nachbar sitzt er von neuem über sein Register gebeugt: *»Zweite Klasse. Unterschreiben Sie!«*

Ich unterschreibe. Was unterschreibe ich denn da? Mein Todesurteil? Die Abschaffung der Abschaffung der Sklaverei? Das Formular ist in deutsch verfaßt. Ich kann nur zwei fettgedruckte Buchstaben entziffern: N.N. Was soll das heißen? Negerin? Noir? Wahrhaftig, ich kann das nicht ernst nehmen. Ich unterschreibe. Alles, was man von mir verlangt. Ich will nur hier weg, hinaus. Meine Qual, die einzig wirkliche Qual, heißt Désiré. Wo ist mein Sohn? Ich weiß, daß er mich sucht mit seinen großen hellen Augen. Ich komme, Désiré, ich komme.

Kurz nach Ankunft des Zuges hatten die Deutschen schnell Ordnung in unser Gedränge gebracht. Zuerst haben sie uns unsere Koffer weggenommen, die Kranken zurückgehalten, und später im Laufen haben sie Männer und Frauen getrennt. Das begriff ich sofort. Aber keine Sekunde dachte ich daran, Désiré mit seinen fünf Jahren könnte als Mann eingestuft werden. Mein Sohn, ein kleiner Junge, beinahe noch ein Kleinkind. Er mußte meine Hand loslassen. Jemand packte ihn und zerrte ihn zur Seite, während ich von der anderen Seite weggerissen wurde. Und sofort schob mich Suzanne weiter nach vorne und flüsterte mir unablässig ins Ohr: »Schrei nicht, dreh dich nicht um, brüll nicht los, guck nach vorne ...«

Jetzt ist Suzanne an der Reihe mit dem Register. Ich versuche, etwas aufzuschnappen, trödle ein wenig herum. Aber ich höre nur die lauten stereotypen Fragen. Suzanne antwortet auch für Nicaise, die sie halb hinter sich versteckt hält. Sie sagt, es sei ihr Kind. Sie gibt ihr ihren Namen. Warum tut sie das? Jedenfalls scheint niemand zu bemerken, daß Nicaise krank ist und daß sie dunkle Hautfarbe hat.

Schon werde ich zum nächsten Kontrollpunkt weitergestoßen. Hier müssen wir unseren Schmuck abgeben! Mein Gott, was wird mir bleiben? Ruhig ziehe ich die goldene Sklavenkette, die meine Mutter mir mitgab, vom Hals und lasse sie für einen Augenblick in meiner geschlossenen Hand verschwinden, um den kleinen Goldanhänger, der einen Teil meines Glaubens abbildet, abzuziehen und zu bewahren. Ich gebe die Kette hin und behalte die kleine Medaille. In meiner Kitteltasche lasse ich sie los und greife nach den beiden Kreolen, die ich am Abend, bevor ich über meiner Stickerei einnickte, noch ausgezogen und in die Tasche gesteckt hatte. Auch diese beiden Ohrringe gebe ich her. Doch mein Medaillon bleibt im hintersten Taschenwinkel versteckt. Abschied von der Kette meiner Mutter, die sie von ihrer Mutter, der ehemaligen Sklavin, bekommen hatte. Abschied von meinen Kreolen, die meinen Eintritt in die Erwachsenenwelt anzeigten ...

Ich fühle mich nackt und meiner Attribute beraubt. Drei Jahrhunderte später bin ich wieder am Ausgangspunkt angekommen: bei der Sklaverei.

Ich bin fertig. Was bleibt an Wesentlichem in meiner Handtasche? Nichts. Nichts ist hier mehr wesentlich. Nur noch das kleine, in Kunstleder gebundene Notizbuch mit seinen unbeschriebenen Seiten bedeutet mir etwas. Es ist viel kleiner und dünner, viel unauffälliger als das andere Buch, das ich mithabe, die Bibel. Ich nehme das Heftchen an mich und stelle mich in die Reihe, in die ich eingewiesen werde. Meine Handtasche lasse ich liegen. Sie ist nutzlos geworden. Das kleine schwarze Notizbuch befindet sich in meiner Kitteltasche. Niemand hat etwas bemerkt. Nein, ich gebe nicht alles auf. Ich will nichts abgeben, ohne selbst zu entscheiden. Ich will mich leicht machen, möglichst leicht, um Désiré besser suchen zu können.

Agenor! Agenor! Führe mich zu Désiré!

Ich friere und habe Hunger. Das hier ist die Hölle. Aber Agenor kennt die Hölle sehr gut. Er allein läßt aus den Tiefen meiner kreolischen Erinnerung die Zeit der Sklaverei wiedererstehen. Agenor spricht zu mir, und ich schweige, ich höre ihm zu.

... Es ist vier Uhr früh, und die Sklaven und Sklavinnen von Saint-Pierre werden wachgerufen. Das Wecksignal wird auf einer großen, leuchtend rosa Muschel geblasen und schallt tief und mächtig von Hauswand zu Hauswand, von Baum zu Baum, bis zur Nachbardomäne, wo derselbe Ruf ertönt. Stunde des Arbeitsbeginns in den Herrenhäusern von Saint-Pierre, wo der Hausherr noch hinter verschlossener Tür in seinem säulenverzierten, thronähnlichen Bett schläft.

Nach einem kurzen Gebet zum Gott der Weißen und einem zweiten zu den Göttern der *Arada*, der *Ibo,* der *Bambara* oder der *Baulé* greifen alle zu ihren Macheten und laufen barfuß durch das hohe Gras, wo Schlangen lauern, hinter dem Pferd des Aufsehers zu den Plantagen. Die Arbeit ist hart und qualvoll, und schon bald ist der zischende Schlag der Peitschen zu hören. Die Erde muß umgegraben und geglättet werden. Über zehn Stunden dauert die Arbeit in der sengenden Sonne. Während der Ernte oder ihrer Verarbeitung ist die Arbeitszeit noch länger, dann kehren sie erst spät abends zurück, um sich erschöpft schlafen zu legen ...

Was kann mir noch passieren, das meinen Leuten nicht schon vor Jahrhunderten zugestoßen ist? Ich bin nicht hinter einem Aufseher hergegangen, sondern von Soldaten bis zu einem Holzhaus eskortiert worden, wo wir vielleicht nicht so frieren müssen. Ist es früh? Oder spät? Wird sich die Sonne noch einmal zeigen, oder ist sie verschwunden? Ich bete unablässig. Agenor führt mich zurück in diesen anderen Schrecken, wie um mich zu immunisieren, damit ich das alles ertragen kann.

Suzanne hat es fertiggebracht, an meiner Seite zu bleiben. Nicaise schläft in ihren Armen, schläft oder träumt und hört vielleicht wie ich den Gesang Agenors. Suzanne setzt sie von einer Hüfte auf die andere, meine arme Nicaise. Sie ist so leicht, und auf die Dauer doch schwer. Ab und zu fühle ich ihren Puls am Handgelenk: Er ist sehr langsam, aber er klopft.

Agenor, erzähle mehr.

... Wenn die Arbeit zu langsam geht oder dem Aufseher nicht gefällt, versetzt er den Leuten Peitschenhiebe. Wenn eine kurz innehält, um schnell eine Frucht in den leeren Magen zu schlingen, bekommt sie Peitschenhiebe. Wenn einer zu spät kommt bei Arbeitsbeginn, weil er nur eine Stunde Schlaf hatte, gibt es Peitschenhiebe, ohne Ausnahme, ohne Erbarmen. Die immer angewendete Strafe ist die der »vier Pflöcke«: Nackt am Boden ausgestreckt, Hände und Füße an vier Pflöcke gefesselt, zischen die Peitschenhiebe unabwendbar auf das Opfer nieder, zwölf, zwanzig oder fünfzig, einerlei. Die Peitsche morgens, die Peitsche mittags, die Peitsche und immer wieder die Peitsche...

»Sidonie! Sidonie, schau mal, ich habe etwas Brot aufgetrieben. Und ich weiß auch, wo dein Sohn ist.« Es ist Suzanne, die mit mir spricht. Nicaise schläft zu meinen Füßen. Suzanne hockt sich vor mich hin. Ihre Augen leuchten. Wie hat sie das geschafft?

»Wie bist du hier herausgekommen?«

»Erkläre ich dir später. Ich habe Désiré gesehen. Er ist in einer anderen Bude, bei den Männern. Es gibt hier Unmengen von diesen Holzbaracken. Er ist bei einem schon etwas älteren Herrn. Als ich ihn sah, hielten sie sich an der Hand. Es schien so, als würden sie sich kennen. Désiré konnte mich nicht sehen, ich war zu weit weg, aber ich habe ihn erkannt.«

Agenor, Du erzählst mir grausame Geschichten, doch gleich darauf schickst Du mir Suzanne und tröstest mich mit einem Wunder!

»Bist du sicher? Machst du mir auch nichts vor, um mich zu beruhigen?«

»Sidonie, ich erzähle nicht irgend etwas! Ich habe Désiré wirklich gesehen, mit meinen eigenen Augen. Ich habe noch mehr gesehen. Weniger Erfreuliches. Ich weiß nicht recht, was es sein könnte. Eine Art Fabrik vielleicht, Industriegebäude mit Ziegelschornsteinen, die ununterbrochen qualmen.«

Agenor hatte es mir schon gesagt. Wir werden zur Zwangsarbeit geschickt wie die Zuchthäusler oder wie die Sklaven, zu denen wir gemacht worden sind. Aber im Grunde genommen ist das auch ganz normal. Was tut man mit Gefangenen im Krieg sonst, als sie arbeiten zu lassen? Was mich beunruhigt, ist Désiré. Mit wem wird er wohl zusammen sein?

Suzanne hat Nicaise ein Stückchen Brot zugesteckt, das sie langsam knabbert. Und Désiré? Wer wird ihm etwas zu essen geben? »Bei wem ist Désiré? Ich kann ihn doch nicht alleinlassen.«

»Ich werde es herausfinden. Ich will es versuchen. Sie werden mich bestimmt wieder brauchen.«

»Wer sind sie?«

»Die Deutschen. Ich werde wohl zusammen mit einigen anderen hier als Dolmetscherin gehen. Sie haben mich vorhin schon einmal gerufen, als du geschlafen hast.«

Ich begreife nicht ganz, was sie mir da erzählt. »Habe ich geschlafen? Sprichst du deutsch?«

»Ich habe es gelernt, deshalb haben sie mich verhaftet. Nicht wegen der Hautfarbe, sondern wegen der Sprachen. Sie glauben, ich bin eine Spionin, stell dir das vor!«

Ohne zu überlegen, springe ich auf, schubse alle diese Frauen, die vor mir sitzen, beiseite, um mir einen Weg zum Fenster zu bahnen. Ich will Désiré sehen, ich will meinen Sohn durch das Fenster wiedersehen.

Draußen ist niemand. Weit und breit nichts als Baracken, die ähnlich aussehen wie unsere. Weiter hinten ein Dach und ein Schornstein aus roten Ziegeln, der am oberen Ende fast schwarz ist und Rauchwolken ausspuckt. Was hier wohl hergestellt wird?

Unvermittelt fällt mir das Register wieder ein, wo ich vor Suzanne und Nicaise eingetragen bin. Nein, wir können nicht einfach von der Erdoberfläche verschwinden, unsere Namen sind eingetragen, dort in diesen großen Registern, für immer ...

10

Die tote Stadt

Von den Rändern seiner Bucht klettert Saint-Pierre die angrenzenden Hügel hinauf – als sei die Asche des Vulkanausbruchs gerade erst abgekühlt. Die schönste Stadt der französischen Antillen, meine Heimatstadt aus Stein und Wasser, entfaltet sich am Fuß des Vulkans *La Pélée* wie zu Füßen eines Throns, an den Ufern der *Roxelane* entlang. Wie eine ständig wachsende Zuschauermenge in einem riesigen Amphitheater, so breitet sich die Stadt kontinuierlich aus, seit der erste Franzose, ein d'Esnambuc, vor über dreihundert Jahren das Land betrat.

Zwei sehr lange, aber nie eintönige Straßen durchqueren die Stadt von einem Ende zum anderen: *Rue Bouillé* und *Rue Victor Hugo*. Andere Straßen hängen sich an diese beiden wie die Zweige eines Baums an ihre Äste. Sie werden *cales* genannt. Keine dieser Straßen verläuft eben, fast alle steigen an, manchmal so steil, daß sie als Treppen weiter hinauf in die Hügel führen. Und immer biegen sie irgendwo ab, kreuzen sich oder laufen plötzlich aus – in steiniges Land und Felshänge. Eine ist mir besonders gut in Erinnerung, sie heißt *Rue Mont-au-Ciel*, und wenn man einmal die vierundachtzig Stufen hinaufgestiegen ist, scheint der Himmel sehr nahe.

Von überall her aus dem Gebirge ringsum kommt das klare, frische Wasser und läuft an den schmalen Gehsteigen entlang, immer bergab in die Stadt hinunter, in den Fluß. Es reinigt alles auf seinem Weg. Da und dort tauchen kleine Brunnen, Wasserfontänen auf, die ihre silbernen Strahlen in die Sonne schicken, ihren funkelnden Wasserdunst um sich herum versprühen und Regenbögen um ihre großen Muscheln, Löwenmäuler oder bronzenen Schwanenschnäbel entstehen lassen. Überall gibt es außerdem die kleinen Trinkwasserbrunnen an Häuserecken und entlang der Boulevard- und Parkmauern, überall singt, gluckst, plätschert, murmelt das Wasser, sprudelt es, läuft und rinnt.

Wegen dieses ununterbrochenen Gemurmels, sagte Mama, hätten die Leute aus Saint-Pierre so laute Stimmen; immer wollten sie das Wasser übertönen, das dauernd etwas zu erzählen hat. Und so kommt es, daß, wenn jemand in der Hauptstadt Fort-de-France zu tun hat, er oder sie dort meistens ermahnt wird: »Sprechen Sie bitte leiser, hier rauscht kein Wasser.«

Durch das Fenster der Bretterbaracke sehe ich nichts als einen blauen, tiefblauen Himmel und die Sonne, die das Wasser aufblitzen läßt und seinen Widerschein von Glasscheibe zu Glasscheibe sendet. Aber ein plötzlicher Krach, ein Geräusch, das weder von Brunnen noch von kreolischen Unterhaltungen herrührt, macht meinen Himmel wieder bleiern und meine Sonne fahl. Wieder dieser Krach, wieder irgendwelche deutschen Wörter. Suzanne zupft mich am Ärmel: »Wir werden gefilzt. Durchsuchung und Waschen.«

Waschen? Womit eigentlich? Durchsuchung? Warum? Wir haben schon alles abgegeben. Da fällt mir ein, auch wenn ich enteignet, ausgeplündert und völlig entblößt worden bin, zwei armselige Kleinigkeiten habe ich noch behalten. In meiner Kitteltasche trage ich meinen beschützenden Goldanhänger und mein kleines schwarzes Notizbuch mit seinem Schreibstift. Ich habe nichts mehr abzugeben, es sei denn, meine Haut, meine Erinnerung und meinen Glauben. Warum dann nicht gleich auch noch Agenor ausliefern, ihn aus meiner Seele tilgen!

Ein Wachsoldat hat eine abgestoßene Emailleschüssel in

die Mitte des Raums gebracht. Ich gehe mit Suzanne zu der Ecke, in der Nicaise schläft. Alle stürzen sich auf diese Schüssel. Ich habe nicht die Nerven, mich um ein paar Tropfen schmutziges Wasser zu prügeln. »Davon werden wir kaum sauberer, als wir es sind«, sagt Suzanne. »Warten wir's ab.«

Aber das Wasserplätschern hier drinnen ruft meinen Durst wieder wach. Nicaise hat rauhe, blasse Lippen, die vor Trockenheit aufgesprungen sind. Ihre Stirn ist ganz feucht. Ich berühre sie sacht mit meinen Lippen. Ihre Haut ist zu warm und salzig...

Die Frauen in dieser Baracke drängen sich halbnackt um die eine Schüssel und schreien sich an. Die einfallende Nacht verhüllt ihre Blöße. In diesem schwindenden Licht haben wir alle die gleiche Farbe; niemand bemerkt, daß ich schwarz bin. Wir sehen alle grau aus, grau wie der Himmel, grau wie das Holz der Baracken, das zuviel Schnee, zu viele Winter und zu viele Wolkenbrüche abbekommen hat.

Es muß etwa fünf Uhr nachmittags sein, oder halb sechs. Die Stunde des Angelus. Etwa um diese Uhrzeit ändert sich das Wetter zu Hause, auf meiner Insel, mit einemmal. Meistens fängt es an zu regnen. Und der Regenguß kündigt sich vorher an: Eine riesige Armee von Küchenschaben kommt durch Türritzen und Jalousien gekrabbelt, gefolgt von einer ganzen Wolke fliegender, stinkender Ameisen in heller Panik. Das Licht der Lampen verändert sich und wirkt wie ein übernatürliches Feuerzüngeln, wie ein Heiliger Geist.

Heiliger Geist, Jungfrau Maria und Du, Agenor, listenreicher Ausbrecher, verlaßt mich nicht! Laßt mich nicht alleine in dieser gemeinen, gottlosen Dämmerung! Ich will bis zu der Kirche hinaufgehen, in die mich einst Victoire geführt hat. Den Weg erklettern, der schwierig und von dem Vulkanausbruch zu Beginn dieses Jahrhunderts noch halb verschüttet war. Hoch dort oben fanden wir selbst an einem Regentag Licht und Frieden. Wir beteten und baten um Vergebung für unsere Sünden und für meine kindlichen Grausamkeiten.

Zum Beispiel an Regentagen, wenn sich die *annolis* versteckten und das Feld seltsamen, fast durchsichtigen, albinösen Fröschchen überließen und dicken Kröten mit gelblicher, warziger Haut, die den Kindern als Sündenböcke dienten. Im Namen des Guten und der Reinigung der Seele mußten sie ein ganzes Martyrium durchleiden. Auch ich habe sie als kleines Mädchen gequält. In Saint-Pierre bedeutet die Kröte das Böse schlechthin, und um es abzuwenden, hatte ich wie alle anderen immer eine Handvoll grobes Salz in meinen Taschen, falls ich einer Kröte begegnen würde. Es war grausam, aber rituell: Das Salz streuten wir auf die dünne Haut des Amphibs, das nach und nach davon zerfressen wurde. Es schien zu ersticken, seine schmerzverzerrten Augen quollen hervor und ließen es wirklich wie ein Ungeheuer oder einen Dämonen erscheinen. Ich verfolgte es auf seinen Fluchtwegen, und jeder weitere Salzwurf ließ seine Agonie in ein nächstes Stadium übergehen. Seine Sprünge wurden zu einem Kriechen, seine Haut verfärbte sich scharlachrot, bald ging sein Atem nur noch in Stößen. Dann überließ ich es der göttlichen Vorsehung, die allein Dämonen zu richten und retten vermochte. Es war nicht mehr meine Aufgabe, mich mitleidig zu zeigen. Hatte ich richtig gehandelt, oder war es einfach nur brutal? Erst sehr viel später habe ich mir diese Frage gestellt.

Jetzt kommen die Soldaten herein, tasten die Kleidung jeder einzelnen ab, auf die Schnelle und ohne Eifer. Mit einer Hand in der Kitteltasche nehme ich meinen Platz ein und lasse mich abtasten, indem ich Nicaise an mich drücke und zwischen sie und mich mein kleines Notizbuch mit dem Talisman klemme. Wie gerne würde ich jetzt dem durchsuchenden Soldaten eine Handvoll von diesem grobkörnigen Salz ins Gesicht werfen, das von der Dämmerung eigenartig verfremdet wird. Diese behelmten Kreaturen wirken monströser auf mich als alle Kröten und Zombies meiner Kindheit in Saint-Pierre.

Suzanne setzt sich neben mich und legt ihre Hand auf

meine, die frei ist: »Ich glaube, heute nacht werden wir kein Bett haben. Wir werden hierbleiben.«

Woher weiß sie das?

»Schlaf nicht ein, Sidonie, bleib noch wach, ich werde dich zu Désiré führen ...« Ein Stoß in die Rippe, plötzlich ist sie verstummt. Ich folge ihrem Blick: Auf dem Fußboden kriecht ein großer blauschwarzer Schatten wie eine Schlange. Ein befremdliches, affenhaftes Gesicht taucht aus der Dunkelheit auf. Ich kann einen kahlrasierten Kopf erkennen und das Funkeln eines Blicks, der sich an meinen klammert. Ein gemeines Lächeln. Dann kommt eine Hand nach vorn, sie hält etwas Glänzendes. Suzanne und ich sitzen nur still da und versuchen, die Umrisse des Dings auszumachen, das der Schatten uns hinhält. Es ist eine Flasche, eine halbvolle Flasche.

Die Stimme dieses ungeheuerlichen Wesens, dieser entstellten Frau, dringt zu uns wie ein Krächzen: *»Wasser. Wasser. Agua. Eau.* Für dein Kind.« Ich verstehe. Sie bietet mir Wasser an. Kaum habe ich meinen Arm nach der kostbaren Flasche ausgestreckt, fährt die haltende Hand mit dem Gegenstand auch schon zurück, und Suzanne greift ein. »Nein, nimm das nicht an!« »Aber Nicaise! Sie braucht es doch!« »Alles wird nur schlimmer davon.«

Ich verstehe nichts mehr. Merke nur, wie sich um meinen Fuß so etwas wie ein Schraubstock schließt.

»Sie will deine Schuhe, Sidonie. Paß auf!«

Unglaublich, wie schnell sich die Gewalt bemerkbar macht. Selbst im Dunkeln und in der Stille. Zwei Hände haben meinen Schuh sofort aufgeknotet, schon ist er ausgezogen. Doch eine Bewegung, und ich habe mein Gut wieder in der Hand und haue los mit aller Kraft. Mir meine Schuhe stehlen! Das gibt es ja nicht! Soll ich barfuß gehen wie die Sklaven in der *Rue Cases-Nègres* im Süden von Martinique? Das ist doch die Höhe! Aber Nicaise wird nicht zur Tochter einer Sklavin, auch nicht für einen Tropfen Wasser. Wer weiß, ob sie mir das Wasser überhaupt gegeben hätte.

Unsere wortlosen Hiebe haben die Aufmerksamkeit auf sich gezogen. Ich bemerke die bleichen Gesichter, die sich auf uns richten, als ob wir um eine Beute stritten. Der Schatten – mehr Dämon als Frau – hat die Warnung verstanden und sich zurückgezogen. Ob ich sie bei Tageslicht wiedererkennen würde?

Ich binde meinen Schuh wieder zu und versuche, ein Aufstöhnen aus Wut, Empörung und Angst zu unterdrücken. Das bringt mein Herz zum Rasen. Ich drehe mich zu Suzanne, und sie legt ihre Arme um mich. An ihrer Schulter weine ich vor Aufregung und Erschöpfung.

»Nur still, komm, beruhige dich. Sei ganz ruhig. Laß uns lieber Désiré suchen. Und da müssen wir sehr leise sein, niemand darf uns hören, und Nicaise muß fest schlafen.«

Daran hatte ich nicht gedacht. Wenn ich meinen Sohn suchen gehe, bedeutet das, Nicaise hier alleine zu lassen. Meine Tochter verlieren oder meinen Sohn, meinen Sohn oder meine Tochter. »Aber Suzanne, ich kann sie doch nicht alleinlassen! Vor allem, wo diese furchtbare kahlköpfige Frau hier irgendwo sein muß.«

»Du mußt dich entscheiden, Sidonie. Wenn wir hinausgehen, dann nur wir beide. Und sehr lange ausbleiben können wir sowieso nicht.«

Auf der einen Seite fühle ich an meinem Bein die ruhige Wärme Suzannes, auf der anderen die fiebrige Hitze Nicaises, wie ein kleines Öfchen, und ihr unmerkliches Zittern – oder mein eigenes.

Das Lager ist still, draußen ist tiefe Nacht, die nur hier und da von gleißendem Scheinwerferlicht unterbrochen wird. Die Straße ist breit, sehr weiträumig. Sie wirkt unendlich groß, denn die gleichförmigen Baracken am Rand sind niedriger als Häuser. Sie sehen aus, als ob sie beim kleinsten Windstoß auseinanderfielen. Alles hier scheint auseinanderfallen zu wollen. Die Straße ist breit und leer. Als wir ankamen, waren die Schlammpfützen grünlich, jetzt sehen sie schwarz, beinahe tiefblau aus und schimmern schwach in der Dunkelheit. Es ist feucht und kalt, als ob die Nachtluft sich zu einer klebrigen Masse verdichtet hätte. Dennoch bin ich froh, draußen zu sein, nicht mehr eingesperrt, nicht angekettet, endlich frei. Suzanne geht langsam, aber ohne zu zögern und ohne sich nach mir umzudrehen, vor mir her. Das einzige Zeichen ist ihre offene Hand, die sie hinter sich hält, um mich zu leiten, vor allem, wenn wir anhalten müssen und wegen der Wachen vorsichtig Ausschau halten. Wir warten an jeder Barackenecke ab und an jeder Straßenkreuzung – wenn diese schaurigen Schneisen den Namen Straße überhaupt verdienen.

Ich habe den Eindruck, hier gibt es Dutzende, ja, Hunderte solcher Straßen und Baracken. Alles ist rechtwinklig, vom Reißbrett. Hinter den nur schwach abfallenden Dächern erhebt sich der große Schornstein, dessen Schatten sich zu bewegen und uns zu folgen scheint. Über den Dächern tauchen andere, kleine Lichter auf. Manche Fenster, unter denen wir geduckt vorbeischleichen, haben hier und da ein kaputtes Karree. Doch kein Geräusch ist von drinnen zu hören, weder Flüstern noch Schnarchen. Man könnte glauben, diese langgezogenen, rechteckigen Buden seien unbewohnt. Selbst unsere Baracke wirkte ja wie ausgestorben, als wir weggingen. Hinter diesen Holzwänden schlafen nicht Menschen, sondern liegen niedergemachte Tiere...

Wie sollen wir Désiré in dieser Geisterstadt nur finden? In dieser Unstadt mit ihrem Schornstein, erschreckender als ein Vulkanschlot, wo es keine Gehsteige, kein Wasser, keine Felsen gibt. Und wenn hier Asche auftaucht, dann nicht auf dem Boden zu unseren Füßen, sondern so fein verteilt in der Luft, daß sie in unsere Lungen eindringt.

Suzanne bleibt stehen, lauscht und hebt zum Zeichen die Hand. Zwei Meter hinter ihr horche auch ich in die Stille. Mir kommt ein Gedanke, eher instinktiv als bewußt: Ich werde Doudou nicht durch mein Ausschauhalten wiederfinden, sondern durch Hören und Gehörtwerden. Mein Mund öffnet sich zu einem leisen Hauchen, das zu singen anfängt und wie von selbst dieser toten Stadt mit den abgestandenen Gewässern Leben gibt. Ein Kinderliedchen, ein Abzählvers, ein geflüsterter Liebesruf drängt aus mir heraus, ein zarter Refrain: *»Doudou, mon Désiré, ki ka pati ...«*

Suzanne dreht sich nicht um, bewegt sich nicht und läßt mich gewähren.

11

Der Riß

Nur auf mich bedacht, wünsche ich nur, daß die Fensterkarrees – am besten alle – kaputt wären, damit Désiré mein Singen und Rufen hören kann, wenn ich in seine Nähe komme. Denn jedesmal, wenn ich anhebe, gibt mir Suzanne ein Zeichen, leiser, nur immer leiser zu singen.

Trotz meinem suchenden, tastenden, liebevollen Konzentriertsein bemerke ich nach und nach, daß ich nicht alleine flüsternd suche, sondern daß ein regelrechtes Geraune Suzannes und meine Bewegungen umgibt. Andere, kaum wahrnehmbare Schatten spuken durch die Straßen, die wir überqueren. Andere Mütter? Ehefrauen? Schwestern? Absurdes nächtliches Ballett verirrter Wesen, die andere Verirrte suchen! Was für ein düsteres Versteckspiel!

Für einen Augenblick, nur einen kurzen Augenblick, verzweifle ich an der Sinnlosigkeit meiner Unternehmung, doch Suzanne, die jetzt hinter mir geht, macht mir Mut.

Ab und zu taucht ein blasses Gesicht hinter einem Fensterkarree auf, aber ich vermeide es, seinem Blick zu begegnen. »Désiré, mon Doudou ...«

»Mama!«

Ich bin schon halb auf dem Weg zur nächsten Baracke, als dieses Wort, nur dieses eine Wort hinter mir explodiert – gewaltig und doch kaum vernehmlich. Suzanne hat ihre Hand schon an eine halbkaputte Fensterscheibe gedrückt. Sofort drehe ich mich um und stürze hinzu, schiebe Suzanne ein wenig beiseite und erkenne Désirés kleines Gesicht. Sein Atem hat das restliche Fensterglas an dieser Stelle beschlagen. »Mama, hier bin ich!« Ich streichle seine kleine Nase und die halboffenen Lippen mit meinen Fingerspitzen. »Mein Sohn, mein Kleiner...«, das ist alles, was ich in diesem Moment sagen kann. Tränen laufen über mein Gesicht. Désiré sieht es. »Wein doch nicht, Mama. Es geht schon. Da ist Monsieur...«, und plötzlich begreife ich das Unbegreifliche, den unwahrscheinlichen Zufall. Ein anderes Gesicht zeigt sich im oberen Fenstviereck und läßt mich aufschauen: Es ist tatsächlich Monsieur Dubreuil. Auch er weint. Weint und lächelt mir zu. Unsere Blicke begegnen sich und halten sich aneinander fest. Ich bin sicher, daß in seinen Gedanken dieselben Bilder vorüberziehen wie in meinen: die Bäume im Park, die Flure im kleinen Schloß, die große Küche, und das alles von zwei kleinen Kindern, halb weiß, halb schwarz, zwei sogenannten Mischlingen, belebt, die alles zum Klingen brachten mit ihren Rufen, ihrem Lachen und ihren Liedern, die sie von mir lernten.

»Mama, komm hier rein... und wo ist Nicaise, ist sie nicht dabei?« Ich sehe, daß Désiré sich auf die Zehenspitzen gestellt hat, um nach seiner kleinen Schwester zu spähen. Suzanne schüttelt lächelnd den Kopf. Ich habe, glaube ich, nicht mehr den Mut zu lächeln.

Monsieur Dubreuil flüstert Désiré ein paar Worte, die ich nicht verstehen kann, ins Ohr und gibt mir dann mit der Hand ein Zeichen: Nein, das geht nicht. Ich kann erkennen, daß sein Gesicht ganz ruhig, sogar beinahe entspannt aussieht, aber leicht wächsern und etwas eingefallen.

Ich habe verstanden, daß ich nicht in die Baracke hineinkommen kann. Aber jetzt macht sein Blick mir angst. Keine Spur mehr von glücklichen Erinnerungen. Nur noch Betrübnis. Ich greife nach Doudous Händchen, sehe jedoch Monsieur Dubreuil weiter an. Es scheint, als wollten seine Augen mir etwas mitteilen, was ihm nicht über die Lippen kommen will.

Es ist kaum zu glauben, wieviel sich sagen, übermitteln läßt durch ein schmutziges, halbzertrümmertes Fensterglas! Mein ganzer Instinkt, meine ganze Intuition kommt mir zu Hilfe, seine wortlosen Sätze aufzufassen.

»Mama, komm, komm und bleib bei mir, bleib bei uns hier.«

»Ja, mein Liebling, ja, ich werde kommen...«

Endlich sagt Monsieur Dubreuil etwas, ich kann an seinen Lippen ablesen: »Nein.« Ganz vorsichtig nimmt er Désiré von dem zerbrochenen Fensterstück weg und geht in die Hocke, um durch die kleine Öffnung mit mir zu sprechen. Ich gehe ganz dicht heran, und ohne ihn zu Wort kommen zu lassen, spreche ich alle meine unbeantworteten Fragen aus: »Monsieur Dubreuil, was geht hier vor? Warum sind wir hier? Was haben wir verbrochen? Wo ist Ihre Frau? Sind wir angezeigt worden?«

Darauf antwortet er mit ja.

»Weil Sie jüdisch sind?«

»Meine Frau war Jüdin. Aber jüdisch oder schwarz, das macht jetzt keinen Unterschied.«

Was will er mir damit zu verstehen geben? Doch schon fährt er fort: »Sidonie, jetzt ist keine Zeit mehr, Fragen zu stellen, jetzt heißt es, allen Mut zusammennehmen, egal, wie die Umstände sind. Verstehen Sie? Meine Frau ist im Zug gestorben, ich habe sie nicht retten können. Wir müssen jetzt all unsere Kraft zusammennehmen. Hier in dieser Baracke sind nur Männer und Jungen. Um Désiré kümmere ich mich, kümmern Sie sich um Nicaise. Je verstreuter wir sind, desto bessere Chancen haben wir.« Er hält einen Moment inne, fügt dann hinzu: »Chancen zu überleben.«

Ich merke, wie meine Augen sich weiten. Meine Ahnungen haben mich nicht getrogen, er weiß sehr viel mehr als ich. »Monsieur Dubreuil, ich flehe Sie an, sagen Sie mir alles, was Sie wissen. Wir werden vielleicht nie mehr die Möglichkeit haben, miteinander zu sprechen!«

Er wendet sich kurz Désiré zu. Suzanne macht ihm Zeichen, um ihn von dem abzulenken, was Monsieur Dubreuil mir zu sagen hat.

»Ich habe erfahren, daß wir hier in Polen sind, in der Nähe von Auschwitz. Wir sollen nach Lodz weitertransportiert werden.«

Lodz, dieses Wort verstehe ich nicht.

»Lodz ist eine Stadt in Polen«, erklärt er.

Welche Fügung bringt mich nach Polen? So weit, weit weg von meinen Inseln, noch weiter als Frankreich. Immer nach Osten, so weit nach Osten führt mein Weg. Agenor, ich mache Deine Reise – in Gegenrichtung! Polen. Dieses Wort ruft eigenartige Bilder in mir wach, Bilder aus Büchern, vor langer Zeit betrachtet: helle Gesichter, eingerahmt von blonden Zöpfen, geschmückt mit Blumen und bunten Bändern. Blondheit, Blässe, Pastellfarben. Polen, das ist für mich nur ein exotisches Klischee.

Plötzlich ein heftiger Schmerz am Arm, dann an der Hüfte, und schon liege ich am Boden. Suzanne hat mich mit einem gewaltigen Schlag zu Boden geworfen, wo sie mich sofort packt und kriechend hinter sich herzieht. Mein Mund will sich zum Schreien öffnen, ihre Hand hindert mich daran. Ich sehe noch einmal zum Fenster hoch. Die Umrisse von Monsieur Dubreuil und Désiré haben sich verflüchtigt...

Suzanne weist mit dem Arm hinter uns, um mich auf etwas aufmerksam zu machen: zwei Schatten, weiter unten am Ende der Straße in der Dunkelheit. Sie bewegen sich in unsere Richtung. Aber sie laufen nicht geduckt und vorsichtig wie die anderen vorhin. Diese Schatten verstecken sich nicht, sie gehen aufrecht und entschlossen. Es müssen zwei deutsche Soldaten sein.

Suzanne zerrt mich so kräftig am Handgelenk, daß es wehtut. Wir kriechen schnell weiter, biegen geduckt um Ecken und schleichen immerzu an hölzernen Barackenwänden entlang. So kommen wir gut voran, trotzdem rücken die Soldaten immer näher. Sie sind jetzt schon so nahe, daß wir trotz der Dunkelheit ihre Waffen erkennen können. Die Querstraßen zu nehmen ist gefährlich, der Schlamm hier aber noch mehr. Ein mögliches Entdecktwerden entsetzt mich. Wir sind wie Würmer, die spüren, wie ihnen die Rabenschnäbel immer näher kommen.

Endlich gelangen wir wieder zu einer Baracke.

»*Kommt rein. Hier, sonst schießen sie, leise!*«

Kreolische Worte! Und nicht von mir! Ein Gesicht erscheint im Halbschatten der Tür und eine Hand, die uns hereinwinkt. Jetzt bin ich diejenige, die Suzanne zerrt: »Los, wir gehen da rein, sonst schnappen sie uns.«

Diese Baracke ist genauso überfüllt wie unsere. Nur Frauen. Wir sind wieder im Frauenbezirk.

»*Kommt her, hier ist ein bißchen Platz.*« Diese Frau kommt von den Antillen, das ist sicher. Ich versuche, ihr dunkles Gesicht zu erkennen. Sie hat dunkle Hautfarbe, ihr Haupthaar ist geschoren ... Seltsam, aber es ist mir gleichgültig. Der Musik ihrer Sprache, die mir so viel bedeutet, schenkt mein Herz kaum Beachtung, so zerrissen ist es zwischen meinen beiden Kindern. Nicaise vor mir, Désiré hinter mir – oder umgekehrt. Ich habe sie alle beide verloren! Natürlich hätte ich Nicaise nicht zurücklassen dürfen! Aber wenn ich Désiré nicht gesehen hätte, sondern bei Nicaise geblieben wäre, würde ich das Schlimmste befürchten. So weiß ich wenigstens, er lebt und ist nicht verlassen. Aber Nicaise, was ist jetzt mit Nicaise? Désiré, Nicaise ...

In der Stille hören wir für einen Augenblick die Stiefeltritte und das Klicken der Gewehrhalterungen im Gehen. An das, was danach passiert ist, kann ich mich nicht mehr erinnern. Ich muß ohnmächtig geworden oder einfach mit einemmal in tiefen Schlaf gefallen sein, in meinen Gedanken nur noch die durcheinanderwirbelnden Namen Désiré und Nicaise, Nicaise und Désiré ...

Als ich wieder zu mir komme, dringen bereits erste Anzeichen des heraufziehenden Tages durch die Fenster. Wo ist die Frau, die uns hereingeholt hat? Und Suzanne? Wo sind sie beide geblieben? Um mich herum sehe ich nur Frauen mit dunklen Augen und dunklem Teint und den Gesichtszügen von »Zigeunerinnen«. Also existieren für die Deutschen wohl keine Schwarzen und Menschen mit dunkler Hautfarbe, gehören wir zu keiner Kategorie, sondern werden beliebig hier- und dorthin geschickt. Ich bin wohl als schwarze Jüdin verhaftet worden, und die Antillerin, die uns vor den Wachen gerettet hat, muß als »Zigeunerin« hierhergebracht worden sein!

Und Suzanne? Nicht Jüdin, nicht schwarz, nicht Zigeunerin... Wo ist Suzanne? Ein Hoffnungsstrahl läßt mich aufatmen: Suzanne ist bestimmt zu Nicaise zurückgegangen. Ich erinnere mich an ihr Versprechen: »Um Nicaise kümmere ich mich.«

Ich muß zu ihnen zurück. Sofort. Das Lager liegt noch im Schlaf. Ich schlüpfe nach draußen und laufe so schnell ich kann zur nächsten Baracke. Es muß unsere sein. Ich kann es kaum erwarten hineinzugehen. Als ich eintrete, bemerke ich Suzanne sofort. Sie schläft in einer Ecke, alleine. Ich wecke sie auf: »Wo ist Nicaise?«

Suzanne ist gleich wach und antwortet, bei ihrer Rückkehr sei Nicaise verschwunden gewesen. Aber wo kann sie sein? Suzanne sagt, sie habe die anderen Frauen hier gefragt. Sie erinnerten sich nur an ein kleines Mädchen mit dunkler Hautfarbe, das sehr geweint haben soll und immer »Mama, Désiré...« geschluchzt. Irgendwann sei der kleine Schatten in die Nacht hinausgewankt.

Meine Tochter ist krank. Ich muß sie wiederfinden. Ohne mich wird sie umkommen. Ich stürze wie eine Irre nach draußen. Blitzartig versperrt mir ein SS-Mann in Uniform den Weg. »Wo ist meine Tochter? Wo ist meine Tochter?«

Da zischt auch schon seine Peitsche über mein Gesicht. Hinter ihm kommen noch mehr Soldaten und dringen geradewegs in unsere Unterkunft ein. Sie geben kurze, krachende Befehle und wecken alle, die noch geschlafen haben. Eine Sirene fängt an zu heulen, gefolgt von einem unbeschreiblichen Lärm. Erschrockene menschliche Gestalten erheben sich ringsum von den Bettgestellen.

»Los! Schnell, schnell! Zum Zug nach Ravensbrück!«

Ich verstehe: Die Hölle fängt von vorne an. Wir müssen in ein anderes Lager, aber, o weh, nicht nach Lodz, sondern nach Ravensbrück, wie Suzanne bestätigt. Was soll aus meinen Kindern werden? Wo werden sie bleiben? Mit wem? Wie kann ich sie nur wiederfinden? Wann? Wo?

Die Gewehre weisen uns die Richtung zum Ausgang aus dieser Höhle der Verzweiflung und stoßen und schieben uns in der eisigen Morgendämmerung zum nächsten Zug, zur nächsten gräßlichen grauen Raupe, die vor Ungeduld weißen Qualm ausspeit.

Das Lager quillt über von Halbverhungerten und von Leichen. Überall dünstet übler Gestank aus. Vor uns her fahren offene Karren mit bis auf das Skelett abgemagerten Wesen. Männer, Frauen, Kinder. Plötzlich kippt ein Wagen, und die leblosen Körper fallen herunter und rollen über den schlammigen Boden. Unter diesen halbtoten Wesen entdecke ich eine kleine, beinahe lächelnde Gestalt mit dunkler Hautfarbe. Ihre Augen sind offen, aber ganz verdreht. Ich erkenne sie: Nicaise, meine Tochter! Mein Kind! Ich verliere fast den Verstand, kann mich nicht halten und renne stumm zu der umgestürzten Karre, will Nicaise aufheben und an mich drücken.

Ein scharfer Befehl auf deutsch und sofort brutale Stöße mit dem Gewehrkolben ins Kreuz. Ich bin wie ausgelöscht. Stumm und von Suzanne mit Gewalt weitergeschleppt, bewege ich mich wie eine Schlafwandlerin zu dem wartenden Zug.

Ein Zug! Wieder ein Zug! Wieder die Schrecken des Vorausgegangenen. Doch jetzt bin ich alleine. Am schrecklichsten ist nicht mehr der Zug, sondern das Verlassensein. Ich habe keine Kinder mehr! Nicaise! Désiré!

In diesem neuen Waggon werden Worte gewechselt. Ich verstehe sie nicht. Ich glaube, keine hier versteht, was die anderen sagen. Um mich herum nur Frauen. Alle sind unterschiedlich: große, kleine, blonde, braune, und selbst eine asiatisch aussehende junge Frau ist unter uns. Trotz unserer Unterschiede sind wir alle ähnlich. Wir sind keine einzelnen Personen mehr, wir sind Niemande. Nichts mehr. Nicht einmal Tiere. Hätten sich Tiere etwa ohne den geringsten Laut der Klage oder des Aufbegehrens wieder in einen Zug verladen lassen?

Eine bodenlose Verzweiflung ergreift mich. Nicaise habe ich verloren, für immer verloren, und Désiré verlassen. Wenigstens ist er mit Monsieur Dubreuil zusammen. Ob er noch in Auschwitz ist, ob sie schon unterwegs sind nach Lodz? Ob er wohl etwas zu essen bekommt? Mein dunkelhäutiger Junge mit seinen hellen Himmelaugen. Nicaise, meine kleine Nicaise mit ihrem warmen Sonnenblick. So viele Strahlen wollten ihre goldenen Augen aussenden. Nicht einmal zudrücken konnte ich sie ihr ... Wie soll das nur weitergehen, wie weiterleben, wenn das geliebte Leben, wenn die Hoffnung verloren ist?

Von neuem fühle ich es in meinen Adern, in meinem Körper: Afrika. Das verbotene, verkannte, verhöhnte Afrika.

12

Bäume des Lebens Bäume der Trauer

Die Schwarzen in Afrika haben es nicht hingenommen, gefangen, verkauft und in die Neue Welt verschickt zu werden. Sie leisteten heftigen Widerstand. Diese Fähigkeit zum Aufbegehren wurde später, auf den Inseln der Karibik, auch bei den ausbrechenden Sklaven und Sklavinnen wieder wach. Doch wir hier in diesen völlig überfüllten Güterwaggons, wer von uns widersetzt sich? Wir alle lassen uns verladen ohne ein Wort des Widerspruchs. Haben sich die europäischen Stämme in diesem Krieg gegen die Deutschen gegenseitig verkauft, so wie einst manche afrikanischen Völker?

Gewißheit ordnet mein Inneres: Mein Leben, meine Vergangenheit bilden ein Puzzle. Und viele einzelne Teile sind bereits zusammengefügt – durch das Los meiner Ahnen. Andere, kürzer vergangene, stehen mir immer wieder vor Augen, aber ich weiß noch nicht, wo und wie ich sie unterbringen sollte.

Meine Abreise von Martinique, meine Ankunft in Frankreich, die Begegnung mit Jean, die Geburt meiner Zwillinge, diese Verhaftung zusammen mit den Dubreuils ... Warum bin ich verhaftet worden? Im allgemeinen haben sich die Angestellten jüdischer Familien nie Sorgen gemacht.

Socrate, mein Vater! Victoire, meine Mutter! Ihr dort auf der anderen Seite des Ozeans, so weit im Westen, ich glaube, auch ihr müßt euren Platz in diesem noch unvollständigen

Puzzle einnehmen, das sich anordnen will, das zusammenkommt und mich hin- und herreißt.

Agenor, Du hast die Ketten gesprengt, Du hast die bewaffneten Aufpasser überwunden. All die, die noch nicht völlig versklavt waren, bargen unter ihrer schwarzen Haut die unauslöschlichen Kräfte, die Du ihnen mitgabst. Doch ich als einzige unter so vielen, die Dich nicht kennen, ich habe von Dir nur einen winzigen Teil Deiner Kraft bekommen. Und von einer Minute zur nächsten kann aus dieser Kraft Zerbrechlichkeit werden.

Die schwarzen Gefangenen waren immer angekettet, wenn sie zu den Schiffen gebracht wurden. Die Sklavenhändler wußten nur zu gut, daß sie sonst sofort flüchten würden. Bewaffnete Aufseher eskortierten sie und paßten auf, daß an den Eingängen zu den Laderäumen niemand fehlte. Trotzdem waren diese Unglücklichen so vom Geist Agenors erfüllt, daß sie es wagten, von Bord der Schiffe zu springen – auf die Gefahr hin, erschlagen oder erschossen zu werden oder zu ertrinken.

Hier ist es nicht einmal möglich, vom fahrenden Zug zu springen, so sorgfältig verschlossen, wie er ist. Wir tragen keine Ketten – jedenfalls keine sichtbaren – in diesen Waggons, die uns fortbringen. Zu welchem Preis hat man uns verkauft? Wer profitiert von diesem Handel mit ausgelöschten Menschen, dieser wertlosen Fracht, die sich ein- und ausladen läßt, ohne zu murren?

Der Zug scheint seine Fahrt zu verlangsamen. Abrupt bleibt er stehen. Werden wir endlich hinausgelassen? Die Tür rollt zur Seite, und Tageslicht dringt zu uns herein. Der Lärm draußen ist ohrenbetäubend. Überall deutsche Uniformen, Männer, die in alle Richtungen rennen, Hunde, Waffen.

»Raus, schnell!«

Wir haben in einem kleinen, häßlichen und von verschneiten Fichten umgebenen Bahnhof angehalten. Auf einem Schild steht: *Fürstenberg*. Wir müssen uns am Zug entlang aufstellen, dann in Reihen zu fünft vortreten und losgehen, durch Schnee, der von Pottasche angetaut ist. Meine Füße sind eiskalt. Meine leichten Schuhe bieten keinen richtigen Schutz vor den Winterfrösten.

Alles ist grau, der Himmel, die Bäume, der Boden. Kein einziger Sonnenstrahl, nur ein zugefrorener See mit ein paar ganz hübschen Villen und wenigen Bauernhäusern. Eine kleine Gruppe von Menschen sieht uns vorüberziehen. Was ist das für eine feige Komplizenschaft mit unseren Schergen! Warum sagen sie nichts? Warum protestieren sie nicht?

Nach etwa einer Stunde Fußmarsch erhebt sich vor uns eine Mauer, oben mit Stacheldraht. Überall sind Tafeln befestigt, die einen Totenkopf mit gekreuzten Knochen zeigen und eine deutsche Aufschrift. Bestimmt bedeutet sie so etwas wie »Lebensgefahr. Elektrische Hochspannung.«

Wir laufen durch ein riesiges Tor, dann an zwei grünlichen Gebäuden vorbei, die von Soldaten bewacht werden, und weiter ins Lager hinein. Alles hier wird von hohen Schornsteinen überragt, die qualmen und Flammen speien. Bis zum Horizont ziehen sich die gleichförmigen, numerierten Baracken hin. Sie sehen wie Holz- oder Steinblöcke aus. Wir alle müssen uns vor einigen dieser weit auseinanderliegenden Gebäude aufstellen, und der eisige Wind macht uns in kurzer Zeit ganz klamm und steif. Ich sehe Frauen in Sträflingskleidung, in gestreiften Anzügen. Manche tragen ein großes X in weißer Farbe auf dem Rücken. Sie hacken Holz, während andere eine Art dicke Rüben in Karren transportieren, die mich an unsere *ignamas* und antillischen Kohl erinnern. Sie tragen seltsame Abzeichen in verschiedenen Farben an ihren Kitteln: grüne, rote, violette, schwarze und rosa Dreiecke, und viele haben gelbe Sterne.

Wir werden in gleich große Gruppen aufgeteilt und gehen zu einem Backsteingebäude, den Duschen. Wir sind vielleicht hundert Frauen, die sich nackt unter dem nur lauwarmen

Wasser drängen. Mein kleines Notizbuch habe ich in der Tasche lassen müssen, hoffentlich ist es nachher noch da. Meinen Goldanhänger habe ich wie in Auschwitz unter die Zunge gelegt. Nur ein Wunder wird mir helfen, meine Kleider und das Heftchen wiederzubekommen. Ich rufe meine beiden Heiligen Jungfrauen an, Dich schwarze Jungfrau und Dich weiße. Und ich bitte Agenor um Hilfe.

Ganz in meiner Nähe entdecke ich auch Suzanne. Wie hat sie es diesmal fertiggebracht, mich wiederzufinden? Oder ist es Zufall? Das glaube ich nicht. Noch bevor ich zu ihr hingehen und sie fragen kann, wird das Wasser abgestellt. Meine Zähne klappern, so kalt ist mir geworden. Wieder ein Befehl. Jetzt wird jede einzeln vorgeführt. Eine abscheuliche Läusekontrolle, bei der alle unsere behaarten Körperpartien untersucht werden. Als ich herauskomme, kann ich Suzanne nirgendwo entdecken. Auf einem langen Tisch vor mir liegen Wäschehaufen in einer Reihe. Ich greife mir einen alten, zu langen Rock, ein Paar Schuhe und – wie durch ein Wunder ist er hier angekommen – meinen alten Kittel. Gewiß haben meine Gebete dabei geholfen.

Suzanne habe ich erst später in der Baracke wiedergetroffen, in die ich mit meinen Mitgefangenen geschickt wurde. Es ist Block 23. Ein Block wie alle anderen hier, etwa fünfzig Meter lang, mit einem Dach aus Teerpappe. Wir sind zu mehreren Hundert hier drinnen. Es gibt nicht genug Platz, nicht ausreichend viele Schlafstellen für alle. Wir sind gezwungen, in totaler Enge zu leben – oder besser gesagt, zu überleben. Die Etagenbetten sehen aus wie Hasenställe, die Frauen drängen sich immer zu dritt auf einer Etage. Einige schlafen sogar auf dem Boden, auf Strohsäcken, die noch von den Vorgängerinnen verschmutzt sind.

Völlig dumpf und wie betäubt bin ich von einem Bettgestell zum nächsten gewandert, bis ich eine Hand von hinten auf meiner Schulter spürte. »Suzanne, Suzanne!«

»Ich habe gehört, wie deine Gruppe zu diesem Block hier

kommandiert wurde. Da habe ich mich unauffällig druntergemischt. Wir müssen zusammenbleiben.«

Ich starre sie wortlos an. Irgendwie hat das Gesagte gar keinen Sinn für mich. Ich bin von meinen beiden Kindern getrennt, Suzannes Kopf ist kahlrasiert. Was bleibt da zu sagen?

Fast ein wenig monströs wirken Suzannes sehr klare, scharfe Gesichtszüge ohne die Aureole aus dichtem braunen Lockenhaar. Auch ihre Brille trägt sie nicht mehr, und ihr Gesicht tritt in seiner ganzen Feinheit und erschreckend nackten Schönheit hervor.

Vielen Frauen wurde das Haar abrasiert, einige tragen graue Kopftücher oder scheußliche gestreifte Kappen. Unwillkürlich fasse ich an mein Haar. Ich bin bereit, beinahe bereit, auch das noch herzugeben, wie einen Arm oder ein Bein. Mein Haar ist ganz verfilzt. Ich hatte Zöpfe geflochten und sie fest zusammengesteckt, so daß mein Kopf bedeckt ist.

Das Haar ist auf den Antillen ein sichtbares Zeichen für eine Art Macht, ablesbar an Beschaffenheit und Länge. Die »Krausköpfe«, das heißt, Haare mit unzähligen sehr kleinen Locken, rufen Spott hervor. Glattes Haar zu tragen heißt, sich weit von der Sklaverei, der afrikanischen Hütte, der Verschleppung, von Onkel Toms Hütte entfernt haben. Ebenso gilt, je heller der Farbton der Haut, desto weiter weg liegt Afrika. Mein Haar ist glatt, meine Haut »gerettet«; sie hat den Farbton der *sapotille*. Pfirsichhaut nennt man sie auch.

Mein Blick fällt auf Suzannes Kahlkopf, und mein Herz schreit nach Nicaise! Der Rest an Selbsterhaltungstrieb, der mir bleibt, hält dagegen: Still! Vergiß Désiré nicht!

Wie seltsam, so viele Frauen an einem Ort zu sehen. Ravensbrück ist ein europäisches Dorf und verbunden mit der Welt, gleichzeitig ist es eine völlig von allem abgeschnittene Siedlung, fernab der Welt. Außer der SS sind nur Frauen in diesem Lager, Gefangene und Wachsoldatinnen. Wie kommt eine

Frau dazu, Soldat zu werden? Diese SS-Frauen in ihren langen schwarzen Mänteln und grauen Uniformen sind ein kaum zu ertragender Anblick. Und die Aufseherinnen in jeder Baracke, die hier *Blockowa* genannt werden, scheinen nicht besser zu sein. Sind sie Gefangene wie wir, oder sind sie von Beruf Zuchthauswärterinnen? Haben sie Kinder, Ehemänner, Geliebte, die auf sie warten – draußen, außerhalb dieser absurden Welt für sich?

Wir alle hier tragen eine Verkleidung: unsere Bewacherinnen die grauen Uniformen, und wir haben Kittel, Anzüge, Röcke, die völlig fahl und entfärbt aussehen, als ob wir für einen Alptraumkarneval ausstaffiert worden seien. Ein Karneval ohne Farben, wo gibt es das denn?

Vaval ist auf den Antillen das Fest der Farben. Die Masken und Kostüme sind einfach, aber sehr bunt und glänzend: Pagen, Pierrots, Doktoren und die *Nègres gros-sirop,* die schwarzen Süßigkeitenverkäufer. Sie führen Apparate mit sich, mit denen sie die schönsten Sirupnaschereien herstellen. Die beeindruckendsten Kostüme sind die Todesteufel, aufregend und majestätisch. Sie sind glänzend rot und mit unzähligen kleinen Spiegeln bestickt, die Bilder, Blicke und Licht einfangen und verzerrt zurückwerfen. Vielleicht spiegeln die Teufel ja unsere wirklichen Gesichter?

Der Karneval ist eine Feier des Lebens, des Überlebens, zu der Götter und Teufel gleichermaßen gehören. Die Straßenkinder in ihren Fetzenkleidern rennen im Kreis um einen Riesenteufel mit Hörnern auf dem Kopf und singen und klatschen dazu in schnellen, unterbrochenen Rhythmen in die Hände: *»Diab'la ka mandé en ti manmaille! En ti manmaille pou li mangé!«*

Vielleicht haben sie ein wenig Angst vor dem Teufel, und davor daß er sie fressen könnte, wenn sie dann plötzlich quer durch die halbe Stadt davonlaufen.

Ganz Saint-Pierre tanzt auf dem schwarzen Stein, der Lava und Magma gewesen ist. Sie wirkt nicht ganz erkaltet. Saint-

Pierre tanzt auf seinem heißen Pflaster die *calenda*, den *laghia*, die *hautetaille*, den *belair*, die *bigouine* und die *Polka* ...

Wird in Polen wohl noch die *Polka* getanzt?

Soweit ich blicken kann in dieser ungeheuerlichen Stadt aus Holzbrettern und Stein – nichts als ein einziger Totentanz. Wir sehen aus wie Vogelscheuchen, markiert mit Dreiecken oder Sternen und Nummern, unsere Beine und Füße in Lumpen oder Zeitungspapier gewickelt und die Kleidung um die Taille mit einem Strick zusammengehalten.

Seit wann bin ich hier? Bestimmt erst ein paar Stunden, aber mir ist, als wäre ich schon immer hier. Ich fühle mich leer, häßlich, lächerlich und erniedrigt. Und auch schon abgestumpft. Ist das der Gipfel des Schreckens, daß man anfängt, den Schrecken hinzunehmen?

Die am längsten hier sind, wirken wie Schlafwandlerinnen, die sich in sich selbst verkriechen, um sich vor der Außenwelt zu schützen. Dann gibt es noch ziemlich viele, die sich der Wirklichkeit nicht anders verweigern konnten als durch Verrücktwerden. Gewisse Blicke lassen keinen Zweifel zu, diese Frauen haben den Verstand schon verloren.

Ich bin völlig kraftlos, geplagt und niedergeschmettert. Noch nie hatte ich solche Gefühle des Nichtseins, der Einsamkeit und Angst. Aber ich darf nicht verzweifeln, ich muß am Leben bleiben. Für Désiré, der jetzt mein einziges Kind ist.

13

Der nackte Hund

»Jeder Disziplinverstoß wird schwer bestraft.«

Ein Satz, der unterstellt, es existierte hier so etwas wie ein Gesetz. Doch hier gibt es nichts, was mit Recht oder Verfassung zu tun hätte. Die elementarsten Bedürfnisse und Nöte regieren. Jeder kleinste Gegenstand, der einem dieser Bedürfnisse genügt, ist ein Schatz und weckt Begierden und Neid. Außer meinem kleinen Notizheft, wo ich mit dem Bleistift, der mir geblieben ist, soviel wie irgend möglich eintrage, besitze ich nichts mehr. Mein einziges Gut ist die Liebe. Die Liebe meiner Eltern, die ich als Erbe empfangen habe – von Victoire, der angesehenen Schwarzen, und von Socrate, dem Nachkommen hellhäutiger *békés*. Und die Liebe, die ich an Désiré weitergebe. Manchmal frage ich mich, ob nicht auch diese Liebe verboten und sträflich ist. Ob sie nicht vielleicht ein großer Fehler ist und ich deshalb in dieser Hölle dafür bezahlen muß? So wie die Kinder Adams und Evas für das Vergehen ihrer Eltern bezahlen mußten. Oder bin ich eher die Tochter von Lilith, der Nächtlichen, die im Mond wandelte?

Das Paradies bewahre ich in meinem Herzen, einen Rest von Paradies inmitten einer Hölle. Ich Sidonie, Bastardin, Mutter von Désiré und Nicaise, Bastardenkindern, ich muß diese von Menschen erfundene Hölle und ihre Dämonen mit dem Dämonen der Menschen bezwingen!

Agenor, Du listiger Schwarzer, wie oft hast Du es fertiggebracht, Dich Deinen Herren zu entziehen? Hilf mir, standzuhalten, nicht schwach zu werden. Ich bitte Dich gar nicht darum, daß Du mich entkommen läßt. Ich verlange auch nicht, daß Du mein Leben auf Dauer erhältst, aber ich flehe Dich an, Du schwarzer Flügel in meinen fiebernden Gedanken, rette mir mein Bewußtsein von mir selbst und rette meine Seele! Hilf mir, gegen das Nichts zu kämpfen! Hilf mir, mich nicht aufzulösen! Du bist nicht nur mein Glaubensbekenntnis, Du bist mein Bekenntnis zum Kampf. Laß nicht zu, Agenor, daß ich Dich je vergesse! Bleibe stark in mir, damit ich mich an Dich erinnere.

Gott der Weißen! Götter der Kariben! Gott der Schwarzen! Verlaßt mich nicht!

Mir ist bewußt, daß die anderen Frauen in dieser künstlichen und völlig unwirklichen Stadt zu einem anderen Gott, oder eher zu anderen Göttern beten, die ich nicht kenne. Ein Gott für jede, das ist unsere einzige Überlebenschance. Leider sind es nicht viele, die hier beten. Es ist sehr schwer, die ganze Aufmerksamkeit auf einen unsichtbaren Gott zu richten, während der Hunger uns plagt, die Kälte jede sich in sich selbst verkriechen läßt und die körperlichen Wunden stärker schmerzen als die seelischen.

Im Block 23 heißt es jetzt zuallererst, sich einen Platz, ein Territorium erobern – ein paar Zentimeter Raum für sich selbst. Bei dieser Eroberung ist das Überleben nur von der Schnelligkeit und der Durchsetzungsfähigkeit jeder einzelnen abhängig.

Als ich Suzanne wiedertraf, haben wir beide uns gleich in eine Ecke mit Stroh gestürzt. Doch dort war schon eine Frau, und sie hat sich sofort die einzige graue, harte Decke geschnappt. Ich habe sie an mich nehmen wollen. Umgehend kam die *Blockowa* auf uns zu. Fünf Stockschläge prasselten auf mich nieder, und ich fiel hin. Diese Frau hat die Decke behalten und über den Sieg gelacht, den ihr die *Blockowa* verschaffte. Die Aufseherinnen herrschen hier, indem sie auseinanderdividieren, und schlimmer noch, mit Hilfe des Hasses und des Überlebenwollens der einzelnen.

Am anderen Ende der Halle ist eine Schlägerei ausgebrochen. Die Frau mit dem Stock hat sich auf dem Absatz umgedreht und geht dorthin, um blind dazwischenzuschlagen. Suzanne hat diese Gelegenheit beim Schopf ergriffen und die Decke zurückgeholt – langsam, fast unmerklich und selbstverständlich. Die andere Frau begriff sofort, daß es besser ist, nicht gegen uns beide Front zu machen.

Suzanne schlängelt sich durch den Schrecken wie durch das Leben, ohne Gewalt, aber mit einer mutigen und ruhigen Bestimmtheit. Sie kommt und setzt sich neben mich. Sie erklärt mir, daß Ravensbrück, die Brücke der Raben, in Deutschland liegt, nicht in Polen. Désiré und ich sind also in zwei verschiedenen Ländern. Aber hat das jetzt noch irgendeine Bedeutung? Suzanne erklärt mir auch, daß wir hier in einer Gruppe von politischen Gefangenen sind und – aber in welchem Zusammenhang? – unter Quarantäne stehen.

Warum sind wir in Quarantäne? Aufgrund welcher Krankheit? Welcher Epidemie? Wir sind überhaupt nicht krank. Und wenn, wer ist das nicht in diesem Lager? Oder werden wir als lebenskrank betrachtet? Und wer vom Leben geheilt ist, kann sterben... Aber was wird aus den anderen?

Jeder Block, das heißt, jede dieser vielen Baracken, steht unter der Aufsicht einer *Blockowa*. Unsere ist Polin. Strahlend blond und in Schwarz gekleidet. Scheinbar ist sie völlig mitleidlos. Die Frauen, die sie zu überwachen hat, behandelt sie wie unterwürfige oder bissige Hunde.

Das Leben der Hunde auf den Antillen hat allerdings mit dem, das wir hier führen müssen, wenig bis gar nichts gemein. Die antillischen Hunde sind nicht vom Glück verlassen, und ihre Art sich zu bewegen hat etwas Freies. Vielleicht sind sie durchaus glücklich ... bis auf die *chiens-fer*. Diese Hunde haben kein Fell, und ihre Haut glänzt metallisch grau. Sie sehen aus wie *likaos*. Über die Herkunft dieser Hundeart gibt es schreckliche Kindergeschichten von Ungehorsam, Lüge, Verrat und Aufbegehren gegen den Lieben Gott. Dieser Hund soll deshalb mit einem göttlichen Fluch belegt worden sein, der auch seine ganze Nachkommenschaft trifft, denn sie werden alle nackt geboren und bleiben ihr Leben lang ohne Fell.

Der *chien-fer* wird verabscheut, aber respektiert. Viele Menschen sind davon überzeugt, daß er mit einer magischen Kraft begabt ist und Besessene und Zombies in Menschengestalt aufspüren kann. Daher sind die Leute sich sicher, daß dort, wo ein *chien-fer* in einem Haus auftaucht, keine bösen Geister versteckt sein können. Andere glauben, wo er in der Erde wühlt, sei Gold zu finden. Dann wird die Geschichte von dem berühmten *chien-fer* erzählt, der eines Tages einen vergrabenen Krug voller *Louisdor*-Dukaten fand...

Kein *chien-fer* würde es wagen, seine Nase in unsere Versammlung von Zombies und lebenden Toten zu stecken. Hier gibt es zu viele böse Geister.

In der ersten Nacht haben wir das Bett zu dritt geteilt: Suzanne, die Frau mit der Decke und ich. Aus den Etagenbetten, oder eher den Kaninchenställen drangen die ganze Nacht über Klagelaute, Weinen, ersticktes oder lautes Schluchzen, Zähneklappern und Zähneknirschen. Ich versuche keinerlei Geräusche von mir zu geben, aus Scheu, aber auch aus Rücksicht auf Suzanne und die andere Frau. Dennoch bin ich mir nicht sicher, ob ich mich ganz beherrschen und jeden Laut unterdrücken kann. Vor allem eine Frage läßt mich nicht los: »Suzanne, wann werde ich meinen Sohn wiedersehen?«

Sie dreht sich ganz vorsichtig zu mir um und flüstert: »Die Kinder werden besser behandelt als die Erwachsenen. Weit weg von uns sind sie eher in Sicherheit. Du wirst Désiré wiedersehen, du mußt hoffen, Sidonie!«

Ihre Stimme klingt gefaßt und ernst und läßt nicht den Schimmer eines Zweifels aufkommen. In dieser ersten Nacht im Lager der Raben, der Zombies bin ich bald völlig widerstandslos in tiefen Schlaf gefallen, wie in eine Ohnmacht oder einen Tod. Ich bin nicht eingeschlafen, ich bin gestorben.

Ich bin fast erstaunt gewesen, am nächsten Morgen wieder aufzuwachen: Sirenengeheul, Schreie, Schläge, Stampfen. Draußen ist es noch dunkel. Es muß drei oder vier Uhr in der Frühe sein. Ich höre die Sirene von Ravensbrück zum erstenmal. Wir müssen aufstehen und hinausgehen.

Aufgereiht und ohne uns zu rühren müssen wir etwa drei Stunden lang draußen in der eisigen Dunkelheit stehen. Von Zeit zu Zeit ist ein stumpfes Geräusch zu hören: Eine fällt zu Boden. Die Frau, die uns jede Bewegung verbietet, hat breite Schultern, blondes Haar und die Korpulenz eines Mannes. Sie ist warm angezogen. Auch sie bewegt sich nicht oder nur wenig. Sie geht nur ein paar Schritte, wenn eine von uns umfällt, tut aber nichts. Sie stellt es fest und geht wieder an ihren Platz zurück. Worauf wartet sie? Daß wir alle, eine nach der anderen, umfallen? Daß wir eine nach der anderen sterben?

Das Licht, das sich langsam am Himmel ausbreitet, erscheint mir übernatürlich. Nein, es kann noch nicht die heraufziehende Morgendämmerung sein. Diese Helligkeit, die jetzt den ganzen Himmel erleuchtet, ist übernatürlich. Es ist der Widerschein einer lichten Klarheit, die in mir aufsteigt, ganz ruhig und unabweislich: Ich werde sterben. Hier. Früher oder später werde ich diejenige sein, die umfällt und liegenbleibt. Es genügt, abzuwarten. Der konkrete Augenblick spielt kaum eine Rolle, was zählt, ist die Gewißheit.

Es ist diese Gewißheit, diese unabänderliche Tatsache, die mich den Kopf heben und die Schultern gerade richten läßt. Menschliche Würde und Menschlichkeit bemessen sich letzten Endes daran: an unserer Haltung gegenüber dem Tod. Ich werde meine Kinder nie mehr wiedersehen, auch das weiß ich. Weder Nicaise noch Désiré. Und ebensowenig werde ich die Kinder meiner Kinder miterleben. Aber ich will, ich muß ihnen die letzten Tage meines Lebens ganz widmen. Ich muß meinen Tod leben, gut leben, und ich will, daß sie es erfahren. Ich will, daß sie wissen, daß die Sklaverei nichtig ist, nicht wirklich existiert, daß kein Lebewesen ein anderes bezwingen kann und daß die wirkliche Freiheit nicht darin besteht, das Leben, das uns bereitet wird, abzulehnen, sondern den Tod zu akzeptieren, den Gott allein geben kann.

Wer wird uns töten in der Frühe? Die *Blockowa*, die uns bewacht? Die Kälte? Der Hunger? Die Verzweiflung? Die menschliche Dummheit? Das ist kaum von Bedeutung.

Soldaten oder Bewacherinnen werden unsere Leichen einsammeln. Wer wird unsere Seelen einsammeln? Meine Seele gehört zu Agenor, das weiß ich. Er wird kommen und sie mitnehmen, noch bevor mein Körper die Erde berührt.

Ja, ich nehme meinen Tod an. Dieses Einverständnis beruhigt mich und gibt mir Sicherheit und Kraft. Diese neue Haltung kommt mir vertraut vor, ich kenne sie schon. Ist es nicht Suzannes Haltung? Suzanne wußte vom allerersten Anfang an Bescheid, wohl schon vor unserer Begegnung, und hat es akzeptiert. Sie hat es angenommen, ihren Körper sterben zu sehen, deshalb ist ihre Seele so stark.

Ich bin einverstanden zu sterben. Aber ich will nicht in das Nicht-Sein übergehen, in die Inexistenz, in das große Nichts. Diese Erde hat meine Schritte getragen, ich bin hier gewesen und bin noch hier. Ich will, daß meine Insel da drüben sich an mich erinnert. Ich habe einen Namen, einen Vornamen gehabt, ich hatte einen Lebensweg gewählt, bevor mir einer aufgezwungen werden sollte. Ich will meinen Widerstand ausdrücken. Meinen Kindern und Kindeskindern will ich sagen, daß es immer möglich ist, frei zu sein. Den Menschen nein zu sagen. Und ja zu sagen zu dem Gott, den eine sich gewählt hat.

Unter dem Stoff meines schändlichen Sträflingshemds, zwischen meiner Seite und dem Arm, kann ich den Einband meines Notizbuchs spüren.

14

Das Notizbuch

Heute morgen bin ich nicht umgekippt. Der Tag ist angebrochen, als die *Blockowa* uns offiziell befiehlt, wieder hineinzugehen, unsere Betten zu machen – sie nennt das Betten –, uns zu waschen – sie nennt die Versuche mit drei Tropfen Wasser in den verstopften Becken unserer Baracke waschen...

Unsere Lagerstelle befindet sich ganz unten. Wenn die Frauen der ersten und zweiten Etage hinauf- oder hinunterklettern, muß das Bett von neuem gemacht werden.

Ich mache mich so klein wie nur möglich, hocke mich mit angezogenen Knien ans Kopfende. Dann hole ich meinen Schatz vorsichtig hervor: mein kostbares Notizheftchen, den kleinen Stift und mein Medaillon, das ganz tief zwischen den Blättern steckt. Den Anhänger nehme ich in eine Hand. Mit der anderen blättere ich die noch unbeschriebenen Seiten einmal durch. Es sind nicht viele, und dabei habe ich so viel mitzuteilen! Wenn ich viel Zeit zum Sterben brauche, wird der Platz nicht ausreichen...

Ich öffne das schwarze Notizbuch. Hinter meine verstreuten Notizen vom Anfang schreibe ich: »Heute morgen bin ich nicht umgekippt...« Als ich damit fertig bin, drehe ich das kleine Buch um und schlage die – eigentlich letzte – Seite als eine neue erste Seite auf. Darauf schreibe ich: Ravensbrück, zweiter Tag. Ich habe beschlossen, gleichzeitig zwei verschiedene Berichte zu schreiben. Einerseits meine Alltagsnotizen, das ist ganz einfach. Auf der anderen Hälfte aber will ich alles vervollständigen, jeden Eindruck genau beschreiben und jeden Gedanken festhalten, bevor alles wieder aus meinem Geist, meinem Herzen und meinem Gedächtnis verschwindet.

Es ist wichtig, eng und klein zu schreiben, doch kann man dann noch etwas davon entziffern? Ich gehe die unbeschriebenen Seiten ein letztes Mal durch. In der Mitte, wo die Doppelseite durch den Heftknick in zwei geteilt ist und wo der Heftfaden alles zusammenhält, verweile ich. Mir ist, als würde es das Ende bedeuten – wenn meine beiden Berichte sich an diesem Fadenlauf treffen.

Ich betrachte den kleinen Knoten an dem hellen Faden, ein kleiner Knoten, der mich von allem entbinden wird.

Ravensbrück, zweiter Tag

Suzanne hat das Bett gemacht und sich vor mich gestellt. Sie will mich vor den Blicken der anderen schützen. Sie weiß, was ich hier gerade tue. Und ihr ist so klar wie mir, daß das ganz sicher verboten ist. Eine, die schreibt, will sich entziehen. Oder sie könnte Kassiber umgehen lassen, könnte wirkliche Fluchtpläne schmieden.

Ich muß über ein Versteck für meine Aufzeichnungen nachdenken. Mit Suzanne darüber sprechen. Wenn niemand von diesem Notizbuch weiß, ist es ganz sinnlos, daß ich etwas hineinschreibe.

Ein schriller Pfiff ertönt. Weshalb? Ich habe das kleine Buch schnell weggesteckt. Mein goldener Anhänger liegt warm unter meiner Zunge. Die Jungfrau Maria ... ich habe sie ganz vergessen. Sie ist zu gut, zu rein ... Kann sie sich überhaupt vorstellen, was uns hier geschieht? Ist sie davon nicht viel zu weit entfernt in ihrem blauen und weißen Paradies?

Agenor. Er steht der Hölle näher, er kennt sie, er kann sich darin bewegen ...

Schnell habe ich mein kleines Heft wieder hervorgezogen. Mein Blut fließt kalt durch meine Adern, meine Finger sind steif und haben Mühe, den zu kleinen Stift festzuhalten. Ich schreibe ein paar Worte, aber ein erneuter lauter Pfiff unterbricht mich. Wir müssen hinaus.

Morgenappell: in Fünferreihen aufstellen, die Großen hinten, die Kleinen vorne, von links nach rechts abzählen, dann von rechts nach links. Kein Tier fehlt bei unserer Herde, nicht einmal der Hund.

Ich frage mich, wie ich am besten auswähle, was ich aufschreiben will. Was ist wichtig und berichtenswert, was verschwendet nur mein knappes, kostbares Papier? Sind die Einzelheiten überflüssig? Das Leben hier besteht aus nichts als Einzelheiten, zumal es für nichts eine Erklärung gibt. Sich strikt an die äußeren Fakten halten? Wenn ich nur von diesen Tatsachen berichte, übergehe ich alles, was meinen einzigen Besitz, mein einziges Erbe ausmacht: meine Bilder, Erinnerungen, meine Träumereien und Empfindungen, und schließlich Agenor.

Doch wozu all diese Fragen? Ich muß mit meinem Herzen schreiben, für alle, die meine Hinterlassenschaft mit dem Herzen lesen werden.

Wir sind sicher an die sechshundert Frauen in diesem einen Schlafsaal, eng zusammengepfercht. Auf jeden Fall, nach meinen Zählungen, mehr als fünfhundert. Hunderte verstörter, untätiger, kranker oder mißgünstiger Frauen. In den Gängen zwischen den Bettgestellen stehen ein paar Holztische. Manche Frauen haben sich darunter, zwischen die vier Holzbeine, geflüchtet. Dort sind sie vor den Blicken der anderen geschützt und vor allem vor denen der *Blockowa.* Da unten werden sie einigermaßen in Ruhe gelassen. Manche Frauen bleiben nur ein paar Minuten, gerade lange genug, um einen liebevollen Blick, oft unter Tränen, auf ein sorgsam gehütetes Andenken zu werfen. Trotz des Risikos betrachten sie ihre kleinen Gegenstände oder eine Fotografie mit zerknickten Rändern.

Die Frau, die die Lagerstelle mit uns teilt, verbringt ihre Zeit damit, bald Suzanne, bald mir und auch anderen hinterherzuspionieren. Suzanne versucht ihre Aufmerksamkeit an sich zu binden, um mir das Schreiben zu ermöglichen.

Nur einmal am Tag ist es uns erlaubt, zur Toilette zu gehen. Auf Befehl. Ich habe immer größere Schwierigkeiten, es solange auszuhalten. Andere können schon nicht mehr. Im Raum breitet sich Uringeruch aus. Das Dunkel unter den Tischen ist auch ein Schutz dafür.

R., dritter Tag

Das Draußenstehen ab vier Uhr morgens ist unerträglich. Wegen der Kälte, der Dunkelheit, wegen der Namen, die nicht mehr antworten beim Appell...

Heute morgen habe ich noch geantwortet.

Heute bekommen wir trotz unserer Quarantäne Arbeit zugeteilt, innerhalb des Lagers. Wir transportieren Holz in Schubkarren. Ich frage mich beim Betrachten meiner aufgerissenen Hände, ob selbst diese harte Arbeit nicht doch noch besser ist als die Untätigkeit der ersten Tage. Doch ich habe auch bemerkt, daß diese Arbeit die Selektion verschärft. Die meisten von uns sind mit ihren Kräften am Ende oder schon überanstrengt.

Abgesehen von meinen verletzten Händen, für die ich eine Infektion, vor allem Tetanus, befürchte, abgesehen vom Muskelkater und von den Schmerzen in der Hüfte, habe ich diese Arbeit ganz gut verkraftet. Suzanne auch. Ich bin noch relativ gut beieinander, aber viele Frauen, die schon länger hier sind, husten und spucken Blut. Tuberkulose. Sie sind mehr als unbeliebt und werden gemieden, denn alle glauben, zu Recht, daß sie ansteckend sind. Außerdem hindern sie die anderen mit dem Husten nachts am Schlafen.

Der Abendappell ist körperlich noch qualvoller als das endlos lange Stehen am Morgen. Morgens sind unsere Seelen am Ende. Am Abend sind es unsere Körper. Trotzdem fällt am

Abend keine von uns um. Dieses Paradox scheint mir seltsamerweise völlig normal.

Heute wurden zehn Frauen aus unserem Block ins *Revier* geschickt. Was hat dieses Wort zu bedeuten? Suzanne zufolge handelt es sich um eine Art Pflegestation oder Krankenhaus. Jeden Tag wildert der Tod in unseren Reihen. Alles wirkt auf mich so, als sei er gewollt und würde erwartet, wie ein regulärer Mitarbeiter derjenigen, die uns einsperren: Der Tod lichtet die Reihen, schafft Platz. Und Platz ist kostbar. Ich habe den Eindruck, daß jeden Tag neue Züge ankommen, denn in unserem Block entdecke ich ständig neue Gesichter. Aber immer sind wir etwa gleich viele. Im übrigen sind die Neuen leicht zu erkennen: Sie weinen und schreien mehr als die anderen.

Heute nachmittag bei der Arbeit habe ich versucht herauszufinden, wie diese befremdliche Stadt organisiert ist. Ich wollte wissen, wo die Kinder untergebracht sind. Doch es sieht so aus, als seien sie quer über alle Blocks verteilt. Und dabei handelt es sich hier um ein Frauenlager! Aber keinerlei Kinderkrippe oder Kindergarten, nichts derartiges. Mit Suzanne habe ich meine Beobachtungen zusammengetragen und verglichen: Es gibt acht Hauptbezirke – ein Frauenlager mit sehr vielen Baracken, ein Lager, wo fast ausschließlich Zigeunerinnen gefangen sind, ein Quarantänelager, eine riesige Krankenstation in der Mitte, die Duschen, die wir bei unserer Ankunft kurz benutzen konnten, dann die Gebäude, wohin die Leichen transportiert werden – sie werden dort offenbar verbrannt, denn der ganze Komplex wird von einem Schornstein überragt, der Tag und Nacht raucht –, und die Gefängnisse. Etwas abseits liegen die Unterkünfte für das weibliche Personal und die Soldaten oder Zivilen, die diese Stadt befehligen, bewachen und terrorisieren. Hier wohnen Männer und Frauen. Und es gibt einen Hundezwinger. Die Hunde bellen oft so laut, daß wir sie hören können. Und sie heulen manchmal den Tod an.

Es gibt außerdem noch weitere Blocks, aber keine von uns hat sie bis jetzt identifizieren können. Es bleibt ein Geheimnis. Doch davon haben wir hier ohnehin mehr als genug: Warum sind wir hier? Geheimnis. Was bedeuten wir hier? Welchen Warenwert, welchen Einsatz in welchem Spiel? Geheimnis. Geheimnis?

Dies hier soll ein sogenanntes Arbeitslager sein? Was bedeuten die paar Festmeter Holz, die heute von uns herumgefahren worden sind, für die deutsche Kriegswirtschaft? Die Arbeit, so qualvoll wie sie ist, wirkt wie ein Alibi, wie ein weiterer Helfershelfer der Krankheit, der Kälte, des Nahrungsmangels, des Schlafmangels. Alles für die größtmögliche Macht des Todes.

Wenn es aber der Tod ist, den wir hier finden sollen, warum töten sie uns dann nicht gleich?

Ich habe, verteilt auf mehrere Baracken und Gruppen, etwa zehn schwarze und Frauen mit dunkler Hautfarbe getroffen. Unwillkürlich spüre ich etwas in mir, das sich ihnen annähert, das zu ihnen gehört.

Wie lange werde ich meinem Vertrag, aufrecht zu sterben, den ich mit mir selbst abgeschlossen habe, noch treu bleiben können, wenn das Überleben und die Würde völlig von den kleinsten Brotstückchen und einem Schluck Wasser abhängen?

Apropos Wasser. Trinkwasser gibt es hier immer noch nicht. Jedenfalls kein genießbares. Brot auch nicht. Es gibt diese elende Sorte sehr wässriger Brühe mit ein paar Futterrübenbrocken. Das ist alles.

Zum Waschen haben wir weder Handtuch noch Seife. Kernpunkt der Morgentoilette ist die Entlausung. Kommt eine Inspektion durch den Block, bringt man uns fast um, wenn wir nicht völlig läusefrei sind. Es ist beinahe unmöglich, das alleine zu schaffen. Aber es ist noch schwieriger, andere um Hilfe dabei zu bitten.

Nur die schon länger hier sind, überwinden sich dazu. Sie haben recht, denn jeder, bei der auch nur eines dieser frechen

Tiere gefunden wird, stehen Stockschläge bevor. Und dann die Durchsuchung, das Widerlichste. Vor allem am Anfang, wenn eine das noch nicht kennt. Ganz sicher gibt es aber noch Schlimmeres. Ich bin inzwischen überzeugt, bevor ich von dieser Erde gehe, habe ich noch ein ganzes Stück Weg durch die Hölle zurückzulegen.

Agenor, Du, der den Schrecken kennt! Agenor, gib mir Deine Hand und ziehe mich hinter Dir her, treibe mich weiter, lasse mich nicht los, wenn ich wanke! Agenor, ich bitte Dich darum...

Ich werde wieder in die Nacht sinken. Die letzten Handbewegungen meines Tages: meinen kleinen Anhänger unter der Zunge hervorholen und in das Notizbuch legen, zusammen mit dem Stift, alles zusammen verschließen, die völlige Dunkelheit abwarten, um es zu verstecken. Ich muß Suzanne von dem Versteck erzählen. Irgendwann in den nächsten Tagen.

Heute abend wieder ein Gedanke an die Jungfrau Maria. Bestimmt wegen meines Medaillons, das sie abbildet. Aber Maria scheint mir so weit entfernt von hier. Zuerst habe ich das kleine Notizheft aufbewahrt, ohne zu wissen, warum. Und nun ist es mein Lebenszweck und mein Sterbebericht. Auch meinen Anhänger habe ich so bei mir behalten: Vielleicht wird er mir bald zu Hilfe kommen.

Für den Augenblick läßt mich die mikroskopisch kleine Schrift, mit der ich die zu kurzen Linien auf dem weißen Papier überziehe, allem hier entkommen. Der kunstlederne Einband dieses bescheidenen geheimen Heftchens hat dieselbe Farbe, denselben Widerschein wie die Haut Agenors.

15

Die Teufelinnen

R., vierter Tag

Es gibt in meinem Leben keine genauen Bezugspunkte mehr. Zum Glück kann ich die Tage in diesem Lager noch an den Fingern einer Hand abzählen. Sonst hätte ich bestimmt schon jedes Zeitgefühl verloren.

Wie viele Tage sind seit unserer Verhaftung verstrichen? Ich kann die Tage und Nächte, die Nächte und Tage drehen und wenden, wie ich will, immer kommt der Moment, in dem sich alles verwirrt. Vielleicht befinden wir uns im Jahre 9? Sicher. Und die Könige? Möglich.

Ich fühle in mir etwas wach werden, das wie eine Erinnerung an den Karneval wirkt. Nicht zum erstenmal. Schließlich wird der Winter auch hier einmal zu Ende sein. Ich bin sehr weit nördlich und sehr weit östlich von meinem Ausgangspunkt entfernt, und noch viel weiter nordöstlich von meiner Insel, aber wohl nicht so weit, daß ich nur eine Jahreszeit, den Winter, erleben kann.

Die Stadt Saint-Pierre lebt für mehr als zwei Monate im Rhythmus des Karnevals. Kaum ist Weihnachten vorbei, schon ist *vaval* da! In den Schulen rühren die Kinder keine Hand mehr, und wenn man wirklich arbeiten will, muß man sich zusammennehmen und sich einschließen, wenn alle auf den Straßen springen und tanzen. Ohne den unerbittlichen Willen, die rigorosen Ansprüche meiner Eltern wäre auch ich selbstverständlich an jedem Wochentag in die Sonne hinausgerannt und hätte die Schule völlig vergessen.

Die ganze Stadt gibt sich ein Stelldichein auf den Straßen, maskiert sich, singt, tanzt und schwingt fröhlich Klatschen und Rasseln. Stürme und Wogen brausen hier nicht über das Meer, sondern durch die Straßen und Gassen. Als ob jede und jeder ein plötzlich erwachender Vulkan sei.

Der heiße schwarze Asphalt auf dem Vulkangestein der Straßen brennt vor Liebe. Zwischen dem Boden und den Füßen der Menschen entfaltet sich eine ganze Fülle von Vergnügen. Die Tambourinrasseln vereinigen sich mit Mandolinenklängen, die Flöten mit den Akkordeons. Melancholische, laszive Melodien erklingen. Frauen und Männer geben sich die Hände, hängen sich ein, fassen sich um die Taillen und bilden gemeinsam einen einzigen, riesigen Umzug, der sich hebt und senkt wie ein Liebespaar im Bett.

Mit seinen Gesängen, seinen Rufen und dem Lachen bemäntelt dieses Tanzen nichts. Es ist eine Hymne an die Sexualität. Schweißnaß und oft außer Atem, ist diese gutmütige Menge nichts als Liebe. Sinnliche Liebe, aber auch Zärtlichkeit. Keine Wutschreie, keine Drohgebärden, keine Schlägereien. Die Polizei kann schlafen gehen, oder tanzen.

Hier und dort tauchen *boi-bois* auf, große Pappmachépuppen, die Politiker der Inseln oder anderer Länder darstellen und auf Stangen mitgetragen werden. Aber alle Lieder des *vaval* verbinden Politik, Religion und Liebe.

Im milden schützenden Halbdunkel der *Allée des soupirs* werden die Schmachtlieder und das Flehen, die Seufzer und das Stöhnen der Liebe lauter. Wogen des Begehrens laufen durch zitternde Körper und weiße Röcke, die oft von frechen Windböen hochgeweht werden. Ein ganzes Menschenmeer bewegt sich, wächst und schwillt an wie das Geschlecht eines jungen, schönen, kraftvollen Mannes im lustvollen Einvernehmen mit dem anderen. Es ist die Saat des Lebens, die aufgeht und die jungen Leute initiiert, den Kindern die Augen öffnet.

Nach Fastnachtssonntag, Rosenmontag und »fettem« Fastnachtsdienstag kommt Aschermittwoch. Das ist mein

Lieblingstag. Tag des Begräbnisses von König Karneval. An diesem Tag schlüpfe ich in den Anzug meines Vaters, setze seinen Zylinder auf, ziehe seine schwarzweißen Lackschuhe an – ich nehme etwas von seiner äußeren Erscheinung an und laufe hinaus, um den Gott *vaval* zu Grabe tragen zu helfen.

Der Umzug der Teufelinnen. Lautes, theatralisches Schluchzen überall in den Reihen und geschauspielerte Verzweiflung. Alle sind ganz in Schwarzweiß gekleidet. Die Frauen tragen weiße Tücher um den Kopf, die Männer haben ihre Gesichter mit Mehl bestäubt. Rhythmushölzer, Rumbarasseln, Töpfe – alles wird gespielt, um zu tanzen, um die Füße zum Springen zu bringen. Hinter den Todesteufeln her, die ebenso harmlos wie geheimnisvoll vorneweg tanzen.

Eine sehr alte Empfindung, ein Gefühl der Wärme breitet sich vom unteren Bauch her in mir aus und löst sich ebenso schnell wieder auf. Nie wieder werde ich Liebesumarmungen spüren. Ich bin eine Frau unter den Frauen dieses Lagers, aber ich habe nichts mehr von einer Frau an mir. Gefangene oder Aufseherinnen, unabhängig von unseren unterschiedlichen Altersstufen, alle hier sind für die Liebe bereits gestorben, und das ist sehr deutlich. Verwelkte Haut, Figuren wie Skelette oder graues, schlaffes Fleisch – das ist es, was ich jeden Morgen beim Waschen rings um mich sehe.

Unser Geschlecht ist noch da, aber es ist kümmerlich und ruft allein die Aufmerksamkeit der Aufseherinnen bei Durchsuchungen hervor. Sie tasten es mit schmutzigen Fingern ab, zuerst die Vagina, dann den Anus. Und oft tut es weh bis in die Seele.

Beim Morgenappell, unter dem Scheinwerferlicht eines durchgedrehten Regisseurs, sind wir die Masken. Nicht Karnevalsmasken. Wir tragen die Maske des Todes: stumpfe Augen in knochigen, wächsernen, grauen Gesichtern. Durch die halboffenen Münder stürzt der Tod und übergibt sich still. Auf manchen Gesichtern zeichnen sich noch andere Masken ab: Fratzen aus Angst, Haß, Neid, Raubgier und sogar Mordlust.

Wir klappern unter unseren zerrissenen Zebralumpen, die entweder zu eng oder lächerlich weit sind. Ich wage nicht, mich anzusehen. Ich weiß, daß die Haut meiner Hände und Arme längst nicht mehr die schöne Farbe einer duftenden Frucht, der *sapotille*, hat, sondern grau aussieht. Bald werde ich nicht einmal mehr dem ähneln, was ich bin: eine Frau mit einer Hautfarbe. Meine Fingerspitzen, die sich um meinen kleinen Stift schließen, werden von Tag zu Tag fahler. Meine Farbe werde ich binnen kurzem nur noch in meinem Inneren tragen: Agenor.

Ich weiß jetzt, wem ich inzwischen ähnlich geworden bin: einer *mabouya*, einer fast durchscheinenden Albino-Eidechse. Meine Füße klammern sich wie Saugnäpfe an die Erde, damit ich mich unter den Blicken der Teufelin, die uns zählt, aufrecht halte. Sie ist groß, hat rotes, krauses Haar. Sie hält uns mit ihrem Oberaufseherinnenblick fest, aber an ihr selbst flieht alles zurück: das Kinn, der Hals, die Augen. Selbst die blaue Farbe dieser Augen verflüchtigt sich beim Anblick unserer aschgrauen Schatten. Ein Schrei will sich aus mir lösen, der Schrei der Eidechse, wenn sie nachts von einem hellen Licht geblendet wird.

R., sechster Tag

Um sieben Uhr in der Frühe mußten wir auf eine Befragung antworten, dieselben Fragen für alle. Wieso überhaupt? Was sind wir hier denn noch? Sind wir jemals jemand gewesen? Oder wenigstens etwas?

»Alter?« – »Ausbildung?« – »Beruf?« – »Grund der Verhaftung?«

Wie kann ich das wissen? Doch der entfärbte Blick fordert eine Antwort. Ich muß mich einer Sache beschuldigen. Was folgt, ist wie eine Offenbarung: Ich, die wie alle anderen hier nur noch ein grauer Schatten ist, wenn ich mich in meinem

Innersten noch schwarz fühle, dann weil ich es will. Und das ist mein Vergehen. »*Negerin.*«

Dieses Wort aus meinem Mund jagt mir große Angst ein. Ich muß mich unbedingt wieder fangen. Ich füge hinzu:

»*Und Doktor.*«

Ich erhole mich wieder. Ich gebe meine medizinische Ausbildung an. Vielleicht werde ich ins *Revier* geschickt, vielleicht kann ich dort an Nachrichten aus anderen Lagern, Auschwitz oder Lodz, gelangen. Nachricht von Désiré...

Mit der Rückkehr in die Baracke greife ich wieder zu meinem kleinen Notizbuch. Doch fast gleichzeitig ertönt ein schrilles Pfeifen, ich muß das Schreiben abbrechen, das Heftchen verstecken. Wie lange wird die lose Diele unter unserem Bett noch unbemerkt bleiben? Wie lange noch wird sie die Durchsuchungen unberührt überstehen?

R., achter Tag

Ich kann nicht mehr jeden Tag etwas aufschreiben. Die Überwachung ist strenger geworden. Meine Mitgefangenen sind sehr gereizt, die Gier und der Neid verschlimmern sich. Alles wird zum Anlaß für Auseinandersetzungen: ein Schnürsenkel, ein Knopf, ein Stück Papier oder Stoff. Armselige Kleinigkeiten, die von einer Hand zur nächsten gehen. Sie werden getauscht, verkauft, gestohlen und rufen Schlägereien und Handgemenge hervor. Am schlimmsten dabei ist, daß die Schlägereien sich zwischen völlig entkräfteten Frauen abspielen.

Der Diebstahl ist zu meiner fixen Idee geworden. Die noch unbeschriebenen Seiten im schwarzen Notizbuch gehen zu Ende. Ich muß unbedingt Papier auftreiben. Zwei, drei Blätter vielleicht und einen anderen Stift. Wenn es mir nur gelingt, meine Schuhe, die bis jetzt gut gehalten haben, gegen Papier einzutauschen. Aber dann muß ich mich um andere Schuhe kümmern. Und das wird nicht einfach sein.

Gestern habe ich Suzanne mein Versteck anvertraut. Mehr teile ich nicht mit ihr, denn ich besitze sonst nichts. Und mit meiner Offenheit habe ich ihr einen durchaus zweideutigen Freundschaftsbeweis erbracht. Hier ist es um so besser, je weniger eine weiß. Unsere Bewacherinnen erpressen uns, die eine mit der anderen. Sei es durch Denunziationen anderer oder mit Hilfe von Aufgeschnapptem. »Sie haben nichts zuzugeben?« Dann wird eben irgendeine büßen. Und das Opfer ist immer sehr gut ausgesucht: die Zierlichste, Empfindlichste – immer eine, die dem Tod am nächsten ist, weil sie sich nicht zu verteidigen weiß.

Suzanne ist schon zu meinem zweiten Ich geworden und ich zu ihrem. Wir sind ein wenig wie Nicaise und Désiré, wie Zwillinge. Wir verständigen uns ohne Worte, mehr mit Zeichen und am häufigsten durch unsere bloße Nähe. Wegen des Neids und der Eifersucht der anderen sind wir sehr vorsichtig. Freundschaft ist hier eine wirkliche Seltenheit. Sie kann zwar nicht geraubt, aber sehr wohl zerstört werden. Auch die Blockälteste und die Oberaufseherinnen wollen wir nicht auf uns aufmerksam machen. Sie würden uns sofort trennen, uns drangsalieren oder gegeneinander hetzen.

Suzanne hat keine Ahnung, was ich aufschreibe, aber es ist nötig, daß jemand weiß, wo ich mein Leben und meine Seele gelassen habe. Wozu sonst all die Energie, die Listen und die Vorsicht, wenn mein Notizheft vielleicht für immer unter dieser Diele bleibt, allein die Zeit meine Leiden liest und allmählich die dünnen Striche auf dem Papier verwischt?

Suzanne hat gestern offen mit mir gesprochen. Wie stellt sie es nur immer an, so viel mehr zu erfahren als ich? »Nimm dich vor der Frau in acht, die das Bett mit uns teilt. Sie heißt Rose-Adélaide, und sie beobachtet uns, besonders dich. Sie kommt von Guadeloupe, die Tochter hellhäutiger Siedler. Sie wird früher oder später versuchen, dich zu denunzieren. Zur *Blockowa* hat sie gesagt, es gäbe nichts Aufsässigeres als die kleinen Negerinnen von Martinique.«

Also stimmt es, sie ist eine *béké*, eine hellhäutige Antillerin. Hätte ich sie so genau bespitzelt wie sie mich, hätte ich längst Gewißheit darüber gehabt. Trotz ihrer Magerkeit und ihres kahlrasierten Kopfs, trotz ihrer sehr hellen Haut spricht ihre Physiognomie noch von ihrer gemischten Abstammung. Ein funkelnder, ja, brennender Blick, der schon immer die Gier der *békés*, unseren unbezwingbaren Freiheitsdrang zu teilen, ausdrückte. Nur sie kann ahnen, daß ich ein freies Wesen in mir trage: Agenor. Seinen Namen kennt sie nicht, doch sie weiß, daß es ihn gibt. Bestimmt versucht sie herauszufinden, wie er sich äußert. Früher oder später wird ihr Blick auf mein Notizheft mit der schwarzen Hautfarbe Agenors fallen.

16

»Halt dich aufrecht, gib nicht nach«

»Mare rein-ou... Tété douboutte.«

Ich höre noch die gebietende und gleichzeitig zärtliche Stimme meiner Mutter, die mir in ihrem Kreolisch aufgibt, den Rücken durchzudrücken, mich aufrecht zu halten – körperlich und seelisch. Die Frauen auf meiner Insel wickeln sich den vielfarbigen Madras um die Hüften und nehmen eine gerade Haltung ein, die Brust herausgestreckt. Auch meine ist so gewesen. Jetzt sind meine Brüste flach und hängen herab wie welke Pfingstrosen. Meine vollmondbeschienenen, schimmernden Brüste einer Liebesnacht, die geliebt und Leben gegeben haben...

Bei den medizinischen Untersuchungen müssen wir uns ganz ausziehen. Sklavinnen auch der fremden Blicke. Wir sind von Wanzen und Läusen zerstochen, übersät mit Wunden und von aschfarbenen Flecken gezeichnet.

Bei der letzten Visite bin ich einer anderen schwarzen Frau begegnet. Nachdem sie mich eingehend betrachtet hatte, kam sie auf mich zu. Sie muß recht dick gewesen sein, als sie hier ankam, jetzt hängt, was einmal ihr Bauch war, wie ein Schurz über ihr Geschlecht. Sie fragt mich mit den Augen, geht hinter mir vorbei und flüstert mir dabei zu: »Tanaranive? Madegassin?« Vielleicht kommt sie selbst aus Madagaskar?

Die Ärztin bricht lauthals in widerliches, höhnisches Gelächter aus. Einen Anlaß erkenne ich nicht. Sie trennt uns, noch bevor ich auf die Frage antworten konnte.

Einige sehr junge Mädchen haben am Busen blaue Flecke, die auf seltsame Weise den Hof um die Brustwarze vergrößern. Schläge? Bisse?

Bei der Visite kommen die Frauen aus verschiedenen Blocks zusammen. Wir haben das Gefühl, Einblicke in eine andere Welt zu erhalten, doch immer auf das Lager beschränkt. Die *Blockowas* der verschiedenen Baracken sind ebenfalls anwesend. Ich entdecke, daß sie verschiedene Nationalitäten haben und sich untereinander oft nicht verständigen können. Einigen eilt ihr Ruf voraus. Etwa jener, die von allen Goldschnauze genannt wird, weil sie fast nur Goldzähne hat. Das Gold scheint ihre Spezialität zu sein, sie soll schon dafür gemordet haben. Auch eine Schweizerin ist dabei, der leibhaftige Schrecken. Sie wird Schwarzer Engel genannt, ihr richtiger Name ist Carmen Mory.

Unter ihnen gibt es kaum Französinnen, nur zwei Elsässerinnen, und noch eine andere, die mit einem Polen verheiratet sein soll. Carmen Mory ist *Blockowa* von Nummer 10. Sie regiert mit nacktem Terror, auch unter ihresgleichen. Aber es heißt, daß einige Krankenschwestern ihr in nichts nachstehen, was die Grausamkeit angeht. Ihre Namen gehen um: Elisabeth Marschall und eine gewisse Martha.

Mein wertvolles Papier schrumpft mit jeder weiteren Zeile wie ein Chagrinleder. Und ich habe noch so viel mitzuteilen ...

Ich will Zeugnis ablegen für Agenor. Bezeugen, daß ich noch existiere. Doch ein neuer Impuls ist in mir wach geworden, und er treibt mich an, die Einzelheiten unseres Lebens hier festzuhalten: damit die anderen alles erfahren, damit sie wissen, was wir im Lager erleben, und es nicht in Vergessenheit gerät.

Das Essen, zum Beispiel, ist wichtig, lebenswichtig. Was bekommen wir zu essen? Am Morgen eine Art Tee oder dünnen Kaffee, in dem manchmal Karotten- oder Futterrübenstücke schwimmen. Am Abend ein Stück dunkles Brot, zweihundert Gramm, ab und zu mit einer dünnen Schicht Fett, das sich nicht näher bestimmen läßt, oder mit einem Löffel Rübenmarmelade bestrichen.

R., neunter Tag

Ein Gerücht geht um: Wir sollen tätowiert werden. Die Meinungen dazu sind geteilt. Einige behaupten, daß es gut sei, tätowiert zu werden, denn das könnte ein schnelles Verschwinden verhindern. Sie bräuchten hier eine Genehmigung aus Berlin, um jemanden zu töten, der registriert sei. Andere halten dagegen, daß eine Leiche nach der Verbrennung keinerlei Spuren ihrer Registrierung mehr aufweise. Eine Frau ist schon ein ganzes Jahr lang hier und bis heute nicht tätowiert. Das eigenartige Privileg der Tätowierung besteht darin, eine Spur in irgendeinem Register zu hinterlassen. Die meisten von uns denken allerdings, daß das ziemlich einerlei ist, wenn wir tot sind.

Meine Spur, das ist mein Notizheft. Davon abgesehen bringt die Aussicht, tätowiert zu werden, gewisse Erinnerungen mit sich. Erinnerungen der Art, wie meine Mutter und mein Vater sie am liebsten ungeschehen gemacht hätten.

Schwarz bin ich gewesen, schwarz werde ich sein. Und tätowiert. Jedoch schützt mich meine dunkle Hautfarbe vor einem: Selbst wenn ich noch einige Zeit in diesem Lager bleibe, würde niemand auf die Idee kommen, mich zur *Blockowa*, oder wie sie sagen, zur *Aufseherin* zu machen. Unsere Quälgeister sind nämlich, auch wenn wir es oft vergessen, selbst Gefangene.

R., zehnter Tag

Heute schon wieder Visite. Alle Frauen mit dunkler Hautfarbe sind selektiert worden – fast alle sind Zigeunerinnen –

und müssen eine genaue Untersuchung über sich ergehen lassen. Unglaubliche Fragen werden uns gestellt: Woran sind unsere Eltern gestorben? Woran die Großeltern? Wir werden von allen Seiten und in alle Richtungen gemessen. Blut wird uns abgenommen – immer mit derselben Nadel und Spritze. Wie können die Analysen unter diesen Umständen etwas aussagen?

Vaginaluntersuchung.

Wir schämen uns, frieren, haben Angst.

Bei mir wird auf einem Papier vermerkt: NN, dann: *Negerin* und die Zahl 1. Andere folgen: *Negerin* 2 ist Afrikanerin, *Negerin* 3 ist Amerikanerin, *Negerin* 4 ist die Madegassin, die ich gestern traf. Gegenüber jeder Nummer steht der Eintrag: *leprös*. Haut- und Kopfhautproben werden entnommen. Rückkehr zum Block. Quarantäne.

R., elfter Tag

Für heute ist die Tätowierung angekündigt. Rückkehr zur Sklaverei. Kein Name und kein Vorname mehr, nur noch eine Nummer. Eine Taufe für sich. Eine Taufe der Art, wie sie auf den Antillen nur zu gut bekannt ist.

Ich sehe das Gesicht meiner Großmutter wieder vor mir. Sie liegt ausgestreckt auf ihrem Mahagonibett und spricht in ihrem Kreolisch mit mir, einer Hochsprache mit gewählten Ausdrücken, in die sie hier und da französische Wendungen einstreut. Diese zurückhaltende Frau erhob im allgemeinen die Stimme nur dann, wenn von etwas Positivem zu berichten war. Aber an diesem Tag wollte sie mir von früher erzählen, aus der Zeit ihrer Ururgroßmutter. Sie war Sklavin gewesen und hatte zwei Jahre nach Ausrufung der Republik und der Erklärung der Menschenrechte ein kleines Mädchen zur Welt gebracht. Sie taufte es Naissance, denn das Jahr 1794 bedeutete für sie die Geburtsstunde der Freiheit. Offiziell war die

Sklaverei schon seit Monaten abgeschafft. Aber auf den Inseln ließ man sich Zeit mit dem Fortschritt, hier sollten noch Jahre vergehen, bis die Freiheit Wirklichkeit wurde. Noch viele starben bis dahin... Und so wurde auch die kleine Naissance genau wie ihre Mutter noch mit dem Brandzeichen markiert.

Wir stehen zur Tätowierung an. Ich suche die anderen schwarzen Frauen mit den Augen und entdecke die Amerikanerin in der Schlange. Ich habe gehört, sie heißt Carol. Ob ihre Vorfahren auch gebrandmarkt wurden? Welche Geschichte wohl in ihrem Herzen rumort? Und die Afrikanerin? Die Madegassin?

Alle haben kahlrasierte Köpfe, nur ich nicht. Wie habe ich dieser Erniedrigung entgehen können? Es ist verboten, das Haar offen zu tragen. Wenn eine nichts hat, womit sie es zusammenbinden kann, wird sie rasiert. Versucht eine Frau aber, ihr Haar zu einem Knoten zu rollen oder mit einem Tuch zu binden, wird sie des Diebstahls oder der Sabotage bezichtigt – weil es ein ideales Versteck abgäbe.

Wer sonst als Agenor konnte mir einflüstern, daß ich mein Haar am besten zu kleinen Zöpfen flechte, auf afrikanische Art? Stunden habe ich damit zugebracht, von Suzanne heimlich unterstützt. Und jetzt trage ich die vielen Zöpfe am Kopf festgesteckt, wie ein geflochtenes Spinnennetz – eine dauerhafte Frisur, die mich gegen Wind, Kälte und Schläge schützt.

Wir alle, ob schwarz oder weiß, wissen entweder aufgrund unserer Erinnerung, die Weißen aufgrund ihres Instinkts, daß wir mit der Tätowierung zu Sklavinnen erklärt werden. Die *Blockowa* sucht mich als erste aus. Nach mir folgen um die fünfzig Frauen aus unserem Block. Eine Bewacherin, die nur deutsch spricht, zerrt mich brutal am Arm. Sie wurde deportiert, weil ihr Mann jüdisch war. Aber als Deutsche ist sie dem Büro zugeteilt worden.

Von dieser Gefangenen und gleichzeitig Wärterin werden wir tätowiert. Sie hält einen Stift in der linken Hand. Die

Metallspitze fährt oberhalb des Brustansatzes in meine Haut. Ich kann nicht sagen, ob es schmerzt, aber es blutet. Ein Dreieck, gefolgt von den Buchstaben NN N und der Zahl 1.

Alle Gefangenen aufgrund von »Rassezugehörigkeit« tragen ein Dreieck oder einen Davidstern, gefolgt von Buchstaben und Zahlen, die den Gerüchten zufolge nie die 200 000 überschreiten. Wenn diese Zahl erreicht ist, fangen sie wieder bei 1 an. Der Zufall hat sie mir zugedacht. Meist wird bei Tod einer Gefangenen deren Nummer wieder neu ausgegeben. Ich habe kein Recht auf ein solches Erbe. Wie viele »Nummer 1« es hier wohl schon gab? Am Abend dieses Tages trägt Suzanne die Nummer 45.

Eines der drei N, die auf meine Brust tätowiert sind, soll bestimmt »Negerin« bedeuten. Aber die beiden anderen? Werden diese Zeichen eines Tages vielleicht wieder von meiner Haut verschwinden? Und wenn meine Haut sie vergißt, wird mein Gedächtnis es auch können?

Im Augenblick ist mein Gedächtnis in meinem schwarzen Notizbuch aufgehoben. Ich halte meinen kleinen Stift, den ich mit den Zähnen anspitze, wie einen Tätowierstift. Einen einzigen Namen möchte ich damit eingravieren, Deinen Namen: Agenor! Bist Du es, Agenor, der mir eingibt, standzuhalten, nicht zu schwanken? Bist Du es, der mir immerzu sagt: *Tiembé raid, pa molli.* Halt dich aufrecht, gib nicht nach!

17

Der Moorgesang

Rabenlager, sechzehnter Tag

Ein wenig Papier habe ich noch, aber es reicht nicht mehr weit. Bis jetzt ist auch das Versteck unentdeckt geblieben, aber für wie lange?

Ich werde besonders beobachtet, wie die anderen schwarzen Frauen hier auch. Mehrmals am Tag muß ich Block 23 verlassen und zu medizinischen Untersuchungen gehen, die mich sehr anstrengen und anekeln.

Die Wunden an der Kopfhaut, wo uns Hautproben entnommen wurden, entzünden sich. Meine sicherlich auch, aber wegen meiner vielen kleinen Zöpfe kann man nichts sehen. Ich verliere kein Wort darüber, ich will nicht, daß mein Haar angefaßt wird. Wir versuchen uns untereinander zu verständigen, das ist äußerst schwierig. Jedes geringste Anzeichen von Zusammenhalt wird mit Peitschen- oder Stockhieben beantwortet oder mit Ohrfeigen von beringten Händen. Im günstigsten Fall bleiben blaue Flecke zurück, im schlimmsten eine neue offene Wunde.

Wieder stehen wir nackt in einer Schlange und fühlen uns schuldig. Schuldig vor uns selbst, weil wir in die Knechtschaft zurückgefallen sind. Vielleicht wären wir besser gestorben.

Um alles müssen wir kämpfen: um Nahrung, um Trinken, um Schlaf, darum, schreiben zu können, wenigstens für einen Moment alleine sein zu können, in Ruhe gelassen zu werden, mit anderen sprechen zu können und sogar darum, zu diesem stinkenden Loch, der Fäkaliengrube, zu gehen.

Jeden Tag kommen neue Transporte an. Wir können es aus der Ferne hören, und auch, daß darüber geredet wird. In unserem Block sind jedoch, weil wir unter Quarantäne stehen, weniger Nachrichten zu bekommen als in den anderen.

Wir sehen aus wie regelrechte Lumpen, unsere Kleidung dementsprechend. Mein scheußlicher Rock ist zerrissen. Offenbar gelingt es manchen Frauen, sich Nadel und Faden zu organisieren oder sich aus Möbel- und Dielenspänen Haltenadeln zu basteln. Hoffentlich wird nicht zufällig eine dabei auf das lose Bodenbrett unter unserem Bett aufmerksam, mein Versteck! Immer seltener hole ich mein Notizbuch hervor – wegen der Mühe und der dauernden Überwachung von Rose-Adélaide. Eigentlich kann ich nur schreiben, wenn Suzanne da ist und mich abschirmt.

Gestern habe ich mich nahe bei der Frau aus Madagaskar aufgestellt. Ich lese an den Wolken, die durch ihre Blicke ziehen, daß sie sehr gerne von ihrem Land erzählen würde. Ich habe keine Lust, über meines zu sprechen, dafür habe ich mein Notizheft. Wir reden über konkrete Dinge. Sie hat mir ihren Namen gesagt. Sie heißt Eloise. Sie betrachtet meine Schuhe aufmerksam und begehrlich. Einer ihrer Schuhe wurde ihr gestohlen. Ich schlage ihr vor, daß sie meine bekommt, wenn sie Papier und einen Bleistift für mich auftreibt. Das ist unvorsichtig, denn sie könnte mich denunzieren.

Ihre Schuhe sind ihr ein und alles. Vor Tagen fiel mir auf, daß sie die meiste Zeit damit verbringt, sie zu säubern und zu polieren – mit Spucke und einem Rockzipfel. Was bedeuten diese Schuhe für sie? Die Freiheit? Die Abschaffung einer Sklaverei? Ihren Stolz als freie Frau? Ihren Widerstand? Selbst wenn sie vor Erschöpfung halbtot ist, putzt sie diese Schuhe immer noch. Sie demonstriert damit ihre Unbeugsamkeit. Aber seit gestern ist Eloises Stolz ins Wanken geraten: Einer ihrer kostbaren Schuhe kam abhanden. Nur deshalb konnte ich sie dazu bewegen, mir mit Papier und Bleistift zu helfen… im Austausch mit einem Paar Schuhen, meinem.

Auch Suzanne hat ihre eigene Art, all dem hier zu widerstehen. Die hatte sie von Anfang an. Es ist eine Art Tagträumerei, aber bewußt angewandt. Sie hält ihren Blick auf einen fernen Punkt gerichtet, als ob sie einen unsichtbaren Text lesen würde. Man hat den Eindruck, als ginge sie in Gedanken Unterrichtslektionen durch. Und ich glaube, genau das tut sie auch, aber ich wage nicht, sie danach zu fragen. Es gibt nichts Intimeres, Persönlicheres und Wichtigeres, als eine eigene Art und Weise des Standhaltens zu finden. Ich selbst würde ihr, trotz der Freundschaft, die ich ihr entgegenbringe, nicht erlauben zu lesen, was ich aufgeschrieben habe. Nicht, solange ich lebe.

Suzanne, wenn ich gestorben bin, wirst du dich an Sidonie erinnern, deine Gefährtin mit dem unsichtbaren schwarzen Stern auf der Brust?

Rose-Adélaide wird sich bestimmt erinnern. Sie verbringt ihre Zeit damit, hinter mir herzuspionieren. Und sie stiehlt. Mit größter Geschicklichkeit nimmt sie an sich, was sie nur kann: Eßnäpfe, Bindfäden, Knöpfe, Unterhosen. Sie geht mit solcher Besessenheit und unendlicher Geduld vor, daß ich mich frage, ob dies vielleicht ihre Art ist, sich am Leben zu halten. Unablässig beobachtet sie mich; vielleicht will sie mich auch bestehlen. O weh, mein Goldanhänger! Er liegt nicht immer unter meiner Zunge, ich verwahre ihn oft im Knick meines Notizheftchens. Und mein armseliger Stift, meine einzige Verbindung zu den Lebenden draußen! Aber nein, ich habe vielmehr das Gefühl, sie will von mir noch etwas anderes: einen Blick, ein Wort, etwas oder alles – vielleicht sogar Agenor.

Suzanne ist meine Freundin, meine Herzensschwester. Aber Rose-Adélaide ist hier die einzige Frau, die genau weiß, wer ich bin. Wir sind Schwestern derselben Erde, derselben Inseln. Ich bin ihre verhaßte, beneidete und dennoch ihre Schwester.

Sie hat dieselbe Landschaft in ihrem Blick wie ich. Bis auf den Unterschied, daß sie von einem weißen Horizont her wahrnimmt, aber ich jeden Tag Agenor näherrücke und zu meinem schwarzen Horizont gehe, wo mein schwarzer Stern leuchtet.

Im letzten Transport, der hier ankam, habe ich Kinder weinen gehört. Mein Herz fing an, schneller zu schlagen, und ich versuchte, Désirés Stimme herauszuhören. Doch dann habe ich schnell weggehört. Warum denn hoffen, daß er diese Hölle mit mir teilt?

Ravensbrück, zwanzigster Tag

Rose-Adélaide ist mir nach wie vor auf den Fersen. Heute mit drei Gefährtinnen, die meine Hautfarbe und mein Unglück teilen, zum Block 23 bestellt; wir sollen beobachtet werden. Große Aufregung: in vier Tagen Ende der Quarantäne. Wir werden in Block 32 verlegt. 23 oder 32, das ist mir völlig gleichgültig.

Ravensbrück, vierundzwanzigster Tag

Auf dem Weg zu Block 32 höre ich einen rauhen und traurigen Gesang: einen Sklavinnenchor, das Lied von Ravensbrück. Es wird von den Gefangenen, die in den Mooren um das Lager arbeiten, auf ihrem Weg gesungen. Der Schluß ist schön:

> *»Mais un jour de notre vie, le printemps refleurira,*
> *liberté chérie, je dirai: tu es à moi!*
> *O terre enfin libre,*
> *ou nous pourrons revivre, et aimer!«*

Dieser Wechsel in einen anderen Block bringt für mich eine ganz bestimmte Angst mit sich: Ich muß ein neues Versteck für mein Notizbuch finden. Suzanne, die mich begleitet, sagt, sie wird mir dabei helfen.

Wir erfahren, daß in Block 32 nur die Gefangenen für medizinische Versuche untergebracht sind. Eine Deutsche namens Knoll ist die Aufseherin.

Wir sind Versuchskaninchen. Eine junge Polin zeigt mir ihr Bein, das von langen, tiefen Narben gestreift ist. Ihr wurde das Schienbein herausoperiert, anderen ein Stück Knochenhaut, ein Stück Muskel oder Mark. Sie sind alle behindert und hinken.

Ihre Wunden sind nicht verheilt, und sie haben sehr zu leiden. Eine Französin erzählt mir, daß einer der Ärzte sich besonders für Tuberkulose interessiert und ihr Spritzen verabreicht hat, die die Krankheit hervorrufen. Diese Versuche mit Injektionen seien etwas Neues hier.

In diesem Block sind Frauen mit den verschiedensten Hintergründen zusammen: zum Tod Verurteilte, meist Russinnen, viele nach allgemeinem Strafrecht Verurteilte, Frauen, die bei ähnlichen »Aktionen« verhaftet wurden wie ich, illegale Händlerinnen, geschlechtskranke Prostituierte, Kriminelle, die ein Z auf dem Dreieck tragen, und dazwischen politische Gefangene aus verschiedenen Ländern.

Die Deutschen wissen genau, welchen Terror diese Zusammenstellung auf so engem Raum zur Folge hat, und ziehen ihren Vorteil daraus.

Schließlich erfahre ich, was die beiden Buchstaben NN auf meiner Brust zu bedeuten haben: *»Nacht und Nebel«*. Wollte man uns bei Nacht und Nebel verschwinden lassen? Aber das erstaunt mich auch nicht mehr und nicht weniger, als hätte man zu Nacht und Negerin noch Negritude dazugesetzt.

Von unserer neuen Blockowa wird uns wieder ein Vortrag gehalten: Hier ist es absolut verboten zu schreiben. Aber ich schreibe weiter, für Désiré.

In dieser Baracke entdecke ich Aglaé, die aus dem Senegal kommt. Sie war Kindermädchen bei Widerstandskämpfern und hatte keine Ahnung von deren Aktivitäten. Sie ist mit ihnen zusammen verhaftet worden und war auch zuerst in Auschwitz, bevor sie nach Ravensbrück gebracht wurde. Am meisten macht ihr das rauhe Klima hier zu schaffen. Sie jammert darüber und meint, die Sonne der Deutschen könne sich nicht mit der vergleichen, die auf ihrer Insel Gorée scheint.

Carol, Eloise, Aglaé und ich, wir wollen zusammenstehen. Denn im Unterschied zu den anderen Frauen hier im Lager haben wir tief in unseren überlieferten Erinnerungen an unsere Ahnen eine Erfahrung von der Sklaverei. Diese gemeinsame Geschichte hilft uns zu überleben. Ganz tief in uns – das ist uns bewußt – lebt ein unterworfener Schwarzer und ein rebellischer, unbeugsamer Schwarzer. Welcher von beiden wird die Führung übernehmen?

Dann ist da noch Nadine, die kleine, sehr stille Asiatin, deren ins Unendliche schweifender Blick in ihrem runden Gesicht immer zu lächeln scheint. Sie arbeitet in der Buchhaltung. Wie sie es angestellt hat, dorthin zu gelangen, ist mir ein Rätsel. Wir verstehen uns gut. Sie ist Chinesin und kam aus Liebe nach Frankreich. Sie ist bei einer großen Razzia in Paris gefangengenommen worden. Und in ihrem Land hat sie die Freiheit, gelb zu sein? Obwohl sie nicht schwarz ist, gesellt sie sich zu uns. Aber wir kommen schnell dahinter, daß diese Solidarität der Hautfarben gefährlich ist. Wir könnten Aufmerksamkeit erregen.

Dennoch kommen alle diese unterschiedlichen Frauen zu mir und vertrauen sich mir an, als ob ich ein Auffangbecken wäre. Oder vielleicht ahnen sie, daß durch mich Agenor ihnen zuhört. Ein schwarzer, ungebändigter Widerstand ist in mir lebendig: Afrika, die Mutter.

Ein Pfeifton schrillt auf, sofort gehen wir auseinander.

Nun ist schon beinahe ein Monat vergangen, seit ich hier angekommen bin. Das Lagerleben wird von Schlägen, Anschreiereien und ungezählten: *»Schnell, schnell!«* und *»Raus!«* organisiert.

Ich hasse diese deutschen Wörter. Sie sind himmelweit von meinem Kreolisch entfernt, sogar von seinen aggressivsten Kraftausdrücken und Flüchen! Immer öfter setze ich den deutschen Befehlen meine eigene Sprache entgegen. Bei jedem *Schnell* und jedem *Raus* sage ich still für mich: *»Y salé«* – Gehen wir – und *»Bonda mamaou!«* – Meine Güte. Ein ganzer karibischer Bilderbogen böser Wörter, die von »Plattkeks« über »Holzklotz« zu *»pichonnade«* und *»schrubb«* reichen. Sogar rein sexuelle Schimpfwörter verwende ich: *»coucoune chatrou«, »lolo«, »coco«* bis hin zu »aufgeblasene Titte«.

Manche dieser Wörter, die nie in der Familie gesagt werden durften, kommen aus meinen entlegensten inneren Winkeln wieder hervor und helfen mir zu überleben. Dieses Kreolisch, zu Hause verboten, hier in Ravensbrück ist es erlaubt. Es ist meine einzige Freiheit, außer meinem Notizheft. Ich danke Dir, Agenor, daß Du mir das alles in der Erinnerung erhalten hast, dieses Gedächtnis deines Volkes von rebellierenden, ausbrechenden Schwarzen! Kein deutscher Exorzismus kann das aus mir heraustreiben!

In unserem Block werden Arbeiten vergeben. Suzanne und ich werden zum morgendlichen Kaffeeausteilen beordert. Carol muß zu schweren Erdausschachtungsarbeiten, Aglaé zum Bau von Lagerstraßen und Eloise zur Arbeit in den Lagergärten.

Diese Arbeiten im Freien, manchmal bei minus zwanzig Grad, sind furchtbar. Unsere Aufpasserinnen scheinen nur darauf zu warten, daß wir umfallen. Sie liegen auf der Lauer wie Hunde, nicht um die Herde zu beschützen, sondern um sie zu dezimieren. Wir wissen schon, daß das Leben des »Negers« nicht viel wert ist. Wir haben es nicht vergessen, und ich fürchte diese Frauen-Hunde. Ob auch Carol, die Amerikanerin, diese alte Furcht geerbt hat?

Ein alter Stich aus dem letzten Jahrhundert steht mir wieder vor Augen. Das koloniale Leben um 1840. Die Unterschrift der Illustration lautete: Der Hund, Schrecken des entflohenen

Negers. Die Abbildung zeigt einen Schwarzen auf einer tropischen Waldlichtung mit einer Meute zähnefletschender Hunde kämpfen. Im Hintergrund der Ausschnitt einer Plantage. Im Vordergrund der weiße Kolonialherr, einen Fuß auf einen Baumstumpf gestützt, Gewehr im Anschlag in Richtung des Schwarzen und flankiert von einem Jagdhornbläser.

Die vielen halbverhungerten, aus den Sklavenquartieren ausgebrochenen Schwarzen stellten für die weißen Kolonialisten eine Bedrohung dar. Diese Verfolgung, die als »Aufrechterhaltung der öffentlichen Ordnung« gewertet wurde, entwickelte sich damit zu einem aufregenden Sport, nicht nur in der Karibik. Eine Art Treibjagd. Das Wild: die »Neger«.

In Ravensbrück ist es die Jagd auf alles »Nicht-Arische«.

Mit Schaufeln bewaffnete Frauen füllen Wagen mit Sand und glätten Löcher in den Lagerstraßen mit Schlacke. Selbst wenn es regnet, wässern sie die Straßendecke ausgiebig und walzen sie. Zwanzig bis dreißig Frauen sind vor die riesige Walze gespannt und ziehen sie in übermenschlicher Anstrengung – wie Pferde. Carol leistet dort eine beachtliche Arbeit. Völlig erschöpft, naß bis auf die Knochen und ohne Kleidung zum Wechseln ist das der Tod auf Raten – schlimmer als die Strafhaft auf den Pfefferinseln von Cayenne. Acht Tage lang fallen Carol und Aglaé abends vollkommen ausgelaugt in die Betten, ohne ihre Kleidung auszuziehen.

Doch wozu arbeiten wir hier eigentlich? Den ganzen Tag über habe ich versucht, die Rentabilität eines Sklaven auf einer antillischen Zuckerrohrplantage, eines Sklaven auf einem amerikanischen Baumwollfeld mit der Rentabilität der Sklavinnen von Ravensbrück zu vergleichen. Gibt es einen Zusammenhang?

Suzanne hat mir erzählt, daß über dem Tor von Auschwitz eine Inschrift in eisernen Buchstaben steht: *»Arbeit macht frei«*.

18

Schwarze Totenwachen

Das Kaffeeausteilen in der Frühe wird immer qualvoller. Lieber würde ich in der Weberei arbeiten, denn schon bald ist mein letztes weißes Papier aufgebraucht. Dort könnte ich welches stehlen.

Ich habe ein neues Versteck für mein kleines Notizbuch gefunden: eine Mauerritze neben meinem Bett. Dort ist mir ein lockerer Backstein aufgefallen, den ich ein wenig herausziehen kann. Dann klemme ich das Heftchen dazwischen und schiebe ihn zurück; es ist nichts zu erkennen. Ich glaube, niemand hat mein heimliches Tun hier beobachtet.

Um für die Kaffeeausgabe pünktlich zu sein, muß ich eine Stunde früher als die anderen aufstehen. Ich teile wie in der ersten Baracke den Strohsack mit Suzanne. Wir wecken uns gegenseitig, denn zu verschlafen bedeutet fünfzig Stockschläge, und das wäre der Tod.

Um drei Uhr morgens gehen wir zu den Küchengebäuden und warten auf die riesigen Kaffeebehälter. Fünfzig Liter Tee schleppen wir zu zweit bis zum Block 32. Wir zittern unter dieser schweren Last, die Augen brennen vor Müdigkeit, wir sind völlig erschöpft. Es ist vier Uhr, die Sirene heult, das Lager ist mit einemmal hellwach. Wir stellen uns zum Appell auf wie die anderen. Es ist noch dunkle Nacht, nur die Scheinwerfer verbreiten ihr hartes Licht. Überall tauchen die gestreiften Einheitskleidungen auf. Das Gebrüll beschleunigt unsere Schritte. Die Kälte ist in uns eingedrungen. Die Erde ist gefroren. Wehe derjenigen, die hinfällt! Wenn Suzanne stolpert, helfe ich ihr, wenn ich schwanke, hilft mir Suzanne.

Die Sklavinnen aus allen Blocks stehen in Reihen auf dem großen Platz. Die Frauen aus der Nachtschicht kommen hinzu und stellen sich mit auf. Der Anblick dieses Lagers in der Frühe, bei den ersten Anzeichen der Dämmerung, wenn die Sonne nicht zu scheinen wagt – als ob sie sich schämte –, dieser Anblick ist infernalisch. Alle stehen beim Appell: die Kranken, die Übermüdeten, Ausgehungerten, Sterbenden ... in Fünferreihen.

An diesem Morgen brechen in der dritten Reihe zwei Frauen zusammen. Eine von beiden hustet Blut. Sie wird geschlagen. Sie wird nie mehr aufstehen. Es ist Aglaé, die junge Afrikanerin.

Die *Oberaufseherin* Binz, Vorgesetzte der SS-Wärterinnen und Freundin des Lagerkommandanten Fritz Suhren, kommt mit ihrem Hund zur Inspektion. Totenstille. Ihre Macht ist absolut. Sie ist dick eingepackt in ihren mit weißem Pelz gefütterten Mantel und trägt hohe Stiefel; ihr scheint warm zu sein. Im Gehen macht sie eine Handbewegung, als würde sie sich Luft zufächeln, als könne sie ihren eigenen fauligen Atem nicht ertragen.

Sie läßt Frauen aus der Gruppe der Zigeunerinnen und einige andere heraustreten. Ich kann Rose-Adélaide zwischen ihnen erkennen und die farbige Frau, die mich in Auschwitz am Abend vor den deutschen Wachen gerettet hatte. In welchem Block sie wohl ist? In Ravensbrück sehe ich sie an diesem Morgen zum erstenmal.

Die *Oberaufseherin* inszeniert vor unseren Augen eines ihrer liebsten Spiele: Frauencatchen. Die Zigeunerinnen wehren sich. Brutale Schläge gehen hin und her. Rose-Adélaide hat sich auf die dunkelhäutige Frau gestürzt. Sie schlagen sich mit Fäusten, verfluchen sich mit kreolischen Schimpfwörtern. Es wird ein blutiger Kampf, aus dem einzig die Sadistin Binz siegreich hervorgeht. Mit einem gebellten Befehl bricht sie die

Gewalttätigkeiten ab und teilt den letzten Hieb aus. Sie schlägt noch andere Unglückliche mit der beringten Hand ins Gesicht und tritt sie. Dann dreht sie sich abrupt um und verschwindet wieder in ihr beheiztes Büro.

Rose-Adélaide ist verletzt, kann aber in ihre Reihe zurückkehren. In diesem Horror und dieser Kälte hängt sich mein Blick unwillkürlich an die Schornsteine des Krematoriums, die rote Flammen spucken. Ein Geruch von verbrannten Knochen wird herangeweht und greift uns an die Kehle.

Sterben. So weit, weit entfernt von den Meinen, ausgelöscht für immer. Nein! Agenor wird nicht dulden, daß ich – und er mit mir – spurlos verschwinde, ohne ein Wort zu hinterlassen über das, was uns hier zustößt.

Jetzt weiß ich, daß unter der Sonne, bei den Kokospalmen und Mangroven zu sterben ein unvergleichliches Glück ist. Und ich werde es nicht haben.

Auf den Antillen hat auch der Tod etwas Heiteres. Er hat einen Geruch von *caca-bougie,* von Rum und *»Cric ... crac«,* der unheilverkündenden Lautmalerei, die das Krachen der Knochen des Totenskeletts imitiert.

Mein Vater hat dem Tod einen Namen gegeben. Er nannte ihn Bazile. Nicht gerade ein Freund, auch kein wahrer Gefährte. Eher ein lächelnder Unbekannter. Als ich klein war, erzählte einer meiner Onkel anläßlich des Todes alle möglichen Geschichten. Etwa die Geschichte von dem Toten, dem die Augen mehrmals geschlossen werden mußten, weil er sie jede Stunde wieder aufschlug, zwölf Stunden lang. Er wartete darauf, daß seine Liebste ihm endlich ihre letzte Aufwartung machte. *»Und cric ... und crac ...«*

Oder die Geschichte von dem Mann, der um Mitternacht herum besessen wurde und von einer unbekannten Macht »angestochen«. Er verwandelte sich in ein Getier des Teufels, der Tod fand den Menschen in diesem Zustand vor. Seine sterbliche Hülle wurde kreidebleich und begann, alle bösen

Taten seines Lebens zu gestehen. Das dauerte lange, und das halbe Stadtviertel kam angelaufen, um dem Zombie zuzuhören und all die Missetaten zu erfahren. Schnell wurde der Herr Pfarrer herbeigeholt, um den Sterbenden zu exorzieren. Als schließlich alles gebeichtet war, nahm der Unglückliche wieder menschliche Gestalt an. Der böse Geist war tot.

Einmal habe ich als Kind einen Leichenzug gesehen, bei dem die Menschen irgendwo auf dem Lande anhielten, um »ein Gläschen« zu trinken und Karten zu spielen oder zu würfeln! Es heißt, der Tod kann warten. In diesem Fall war es der Tote, der in der heißen Sonne warten mußte ... und der Pfarrer im kühlen Schatten.

Für mich als kleines quicklebendiges Mädchen hatten die Totenwachen etwas Magisches, das die Fantasie beschäftigte. Freunde und Familie versammelten sich im Haus bei den aufgebahrten Toten und erzählten sich die alten Geschichten. Die Kinder lauschten mit großen Augen, sie lernten das Gesicht des Todes kennen. Oft trat noch ein Verspäteter hinzu: »Ist es hier?« Bei diesen Totenwachen wurde gegessen, getrunken, aber man war auch andächtig. Dann wieder sangen alle.

Ich erinnere mich an den Tod Séraphines, genannt Fifine ...

Sie war alterslos, mochte vielleicht neunzig, hundert Jahre alt sein oder noch mehr, so wie ihr Urgroßvater Anacharsis, der erst mit hundertfünfzehn gestorben war. Sie konnte also wirklich über hundert Jahre alt sein. Ihr Tod kam auf Zehenspitzen, ohne Vorankündigung. Fifine hatte nie über Beschwerden oder eine Krankheit geklagt. Sie war mit geschlossenen Augen – wie eingeschlafen – auf ihrem alten Rattanschaukelstuhl gefunden worden. Über ihre faltigen Lippen lief ein kleines Lächeln, das zu sagen schien: Ihr denkt, ich schlafe und wache bald wieder auf. Aber nein, dies hier ist mein letzter Schlaf. Laßt ihn mir, es ist der beste.

Eine mitfühlende Stille voller Liebe und Achtung breitete sich im ganzen, jetzt so friedlichen Stadtviertel aus. Selbst der Wind schwieg, die Sonne verhüllte ihr Gesicht, und das Meer war glatt und unbewegt wie Öl. Sogar der Rote Hügel von Saint-Pierre hatte seine täglichen, fast unmerklichen Beben ausgesetzt.

Fifines Seele schwebte zwischen diesen vier Elementen. Es sollte ganze neun Tage dauern, bis sie sich entschieden hatte, wohin sie gehen wollte. In diesem Augenblick war sie noch in der Zwischenwelt.

Während eine ganze Schar von Frauen und Männern ankam und sich um die notwendigen Erledigungen kümmerte – wie die Gänge zum Bürgermeisteramt und zur Kirche, den Kauf eines schönen, innen gepolsterten Sarges –, begannen Freundinnen und Verwandte der Toten, ihr kleines Haus zu verschönern. Zwei Nichten und vier alte hellhäutige Frauen aus ihrer Verwandtschaft waren von weither angereist, um Da Séraphine zu baden, zu kämmen, anzukleiden und zu parfümieren. Die ganze Zeit über weinten, sprachen sie mit ihr und küßten sie.

Fifine war eine schöne Tote in der Aufmachung einer großen Dame. Sie schien noch im Tod stolz darauf zu sein, so viele junge Damen der guten hellhäutigen Gesellschaft an ihrem Busen genährt zu haben. Das bedeutete, eine Dame zu sein. Dennoch hatte sie sich geweigert, sich in der Familiengruft auf dem Friedhof der reichen *békés* beisetzen zu lassen. Sie wollte eine Bestattung, fröhlich wie das Leben, das ihrem anderen Leben vorausgegangen war, eine Feier nach ihrer Art.

Sie hatte keine Geständnisse abzulegen, eine Teufelsaustreibung war unangebracht. Und sie war auch nicht mit dem Gesicht zur Erde, dem Zeichen für ein schlechtes Leben, gestorben. Sie war einfach an einem schönen Vollmondabend lächelnd eingeschlafen.

Es hieß allgemein: »Fifine, ja, Fifine ist schon gut frisiert zur Welt gekommen, deshalb hat sie auch so einen schönen Tod.« Bei ihrer Geburt konnte kein böser Geist an sie herankommen, denn sie war ganz in einer durchsichtigen Hülle verpackt, wie in einer zweiten Haut. Jetzt war sie in den schützenden Kokon zurückgekehrt, mit einem Lächeln auf den Lippen.

Alle Kinder des Viertels liebten ihre alte Regentin. Wie oft kamen sie zu ihr gerannt und wollten Geschichten erzählt bekommen: Zaubermärchen, Tiererzählungen mit Freund Hase, Freund Zemba, Freund Tiger im Bauch eines Ochsen und *Ti-Jean L'Horizon* oder *Ti-Jean La Fortune.* Und sie zitterten bei den Zaubergeschichten mit *quimboiseurs* und Séancenmeistern, die immer sehr viel mit dem Teufel zu tun hatten.

An bestimmten Tagen wurde das Häuschen ihrer alten Freundin zu einer Insel des Wohlbefindens und der Zärtlichkeit. Die Kleinsten wie die Größten retteten sich unter Séraphines Sessel oder flüchteten gleich in ihre kreolische Anrichte, in der die köstlichsten Marmeladen aufbewahrt wurden, wenn sie etwas angestellt hatten und sich vor der Strafe fürchteten.

Alle Eltern im Stadtteil kannten und liebten Fifine, und bis sie ihren Nachwuchs bei ihr einsammeln kamen, war die erste Wut verraucht. Dann schüttelten sie nur lachend die Köpfe und meinten: »Bondié, Fifine, was hat Gott dir doch viel Liebe mitgegeben!«

Als Fifine starb, ging mit ihr ein großes Stück Liebe aus unserem Stadtviertel. Es würde nie mehr so sein wie früher, zu ihren Lebzeiten. In ihrem gepflegten Hof beschworen Nachbarinnen die Bilder von damals herauf, als ihre Kleinen in winzigen Schaukelstühlchen oder sogar noch in einer Schildkrötenschale einschliefen, wenn ihnen Fifine das Lied vom Pferd mit den drei Füßen vorsang:

An chouval té ni trois patt'
tout' poil li té blanc
an mitan do i dé bel zail'
dé bel zail' argent kon la line
to ko to, to ko to, to ko to

Chouval ka palé
chouval ka pléré
chouval ka chéché la guiablesse
Katiopine la guiablesse assiz' en ba en fromagé
to ko to, to ko to, to ko to

Manchmal nahm sie mit ihrer sanften Stimme den Text noch einmal in Französisch auf.

Das ist die Geschichte vom Pferd mit den drei Hufen,
es sucht die Teufelin Katiopine,
die mit dem einen Pferdefuß
und dem anderen Menschenfuß...

Der Abend ihrer Totenwache wurde zu einem großen Stelldichein aller, die bei der alten Dame ein- und ausgingen. Unter dem *tamarinier* im kleinen Hof waren Bänke aufgestellt worden, denn im Innern des Häuschens war es zu heiß und zu eng für die vielen, die herbeikamen, um von Fifine Abschied zu nehmen. Zahlreich waren auch die Geschichtenerzähler und die Zuhörer; überall ertönte das *»Ah cric... ah crac, a boubou grak!«*, das immer eine Totengeschichte begleitet.

Doch alle hofften auf den Meistererzähler, Maître Aristote. Er ließ nicht lange auf sich warten. Geschmückt wie ein wahrhaftiger Prinz, elegant und mit Juwelen um den Hals und an den Händen. Die Fingernägel an den beiden kleinen Fingern trägt er ganz lang, sein Spitzname ist »Langnagel«. Er nimmt Platz, schlägt dabei sein schwarzes Cape zur Seite und läßt das blaue Moiréfutter glänzen. Er möchte zuerst einen Rumpunsch, möglichst einen trockenen. Den bekommt er sofort, trinkt ihn in einem Zug aus und holt seine alte, perlmuttglänzende Harmonika aus der Hülle. Er spielt, spielt auf zum Tanz – für Fifine, die von frühester Jugend an für ihr Leben gerne Walzer tanzte.

Bald findet sich ein improvisiertes Orchester zusammen,

mit Mandolinen, Flöten, Löffeln, Bambusröhren und Akkordeons. Und alle singen:

Si lapin vini la kaye,
ba-y boué
ba-y mangé
ki té lapin dansé
ki té lapin chanté
cé lapin et lapin malin...

Alle, die nach und nach eintreffen, bekreuzigen sich vor der sterblichen Hülle Fifines und stimmen Psalmen und Gebete an. Ihre Hände werden geküßt oder sachte berührt. Sie sieht schön aus zwischen den beiden duftenden weißen und rosa Pflanzen in den schweren Kübeln. Zwei majestätische *multipliants* bilden das Ehrenspalier für die unsichtbaren Engel.

Die beiden Petroleumlampen geben zuwenig Licht. Jemand stellt dreizehn kleine Öllämpchen rings um die aufgebahrte Fifine auf. Ihre dunklen Hände halten einen weißen Rosenkranz umschlossen. Und, wie sie es sich gewünscht hatte, trägt sie ihre Ohrringe und ein wenig Rouge auf den lächelnden Lippen. Zum letzten Mal scheint sie zu sagen: Geht nur, und singt, tanzt. Tanzt einen Walzer für mich...

Unsere Friedhöfe auf den Antillen waren oft von tausendundeiner Kerze erleuchtet. Diese kleinen, lange brennenden rötlichen Lämpchen ließen mich an die Millionen Lichter am nächtlichen Himmel denken. Auf meinen Inseln hatte der Tod etwas von Zauber und Zauberei.

Am 1. November aber wurde der Friedhof, sonst ein Ort der Trauer und der Sammlung, für alle, auch die Kinder, zu einem Festplatz, denn dann werden die Heiligen des 1. November freudig gefeiert. Am Morgen darauf die Toten.

In Ravensbrück sehe ich weit und breit keinen Friedhof. Es gibt Leichenhallen, ein Krematorium, Tode ohne Würde und

Achtung, ohne Feier oder Grabmal. Hier stirbt es sich, ohne daß eine weiß, woher der Todesstoß kommt. Unbestimmt, aber hartnäckig ergreift nach und nach eine Todesbesessenheit von uns Besitz und zerstört uns. Die Wahrheit des Lagers: eine Szenerie grotesken, schrecklichen Wahnsinns, dessen todgeweihte Marionetten wir sind.

Eine strahlende Wirklichkeit bleibt in mir bestehen; Agenor hält sie mit Träumen wach und lebendig wie einen wärmespendenden Ofen.

19

Wiedersehen

In dieser verwandelten Umgebung, in der mein bloßer Körper negiert und geopfert wird, wo er nur als künftiger Abfall vorkommt, wird das Erlebnis des Wachtraums immer intensiver.

Agenor wirkt reinigend und beflügelnd in mir; er gibt mir meine tägliche spirituelle Nahrung. Ich entdecke in mir den Heiligen Berg und die Magie des Exvoto. Ich koste das Brot der Träume, mein persönliches *zacharie*. Wir beide, Suzanne und ich, sind in unseren heimlichen Träumen, die unsere größten Hoffnungen bergen, von lebenden oder von toten Wesen bewohnt.

Mich stärkt besonders, mir meinen Sohn am Leben, in Polen vorzustellen und mich an Vater und Mutter zu erinnern. Und durch sie: Agenor.

Trotz all der Gewalt, die ich erleide, Agenor ist ein ungreifbares Refugium, eine Möglichkeit, auf Dauer woanders zu sein. Ich fliehe, entlaufe der Realität. Und wenn der Geruch, oder eher der Gestank der Leichen unerträglich wird, dann nehme ich nur noch den Duft von wilden Orchideen, vermischt mit den Aromen von *vetiver* und Jasmin, wahr.

Wenn ich Hunger habe, verbreitet Agenor einen Duft von frischgekochtem Zuckerrohrsirup über Ravensbrück.

Diese Art durchzuhalten, zu überleben kann ich, glaube ich, über die Distanz hinweg auf Désiré übertragen.

Carol, die Amerikanerin, geht jeden Tag zu den neuankommenden Transporten und zählt die Kinder. Wen sucht sie? Hat auch sie ein Kind verloren? Jedenfalls sucht sie für mich mit, nach einem kleinen Jungen mit dunkler Hautfarbe. Heute kommt sie, wie an allen anderen Tagen, auch wieder mit leeren Händen zurück.

Eine andere Frau in unserem Block, Milena, geht in die Leichenhalle und zählt die Toten. »Heute sind es achtzig gewesen«, sagt sie. Die eine zählt die Lebenden, die andere die Toten.

Carol verblüfft mich. Sie sagt, sie habe ihren Frieden dadurch gefunden, daß sie von einem Tag auf den anderen denkt in dieser Hölle. Bei Eloise gilt es von einer Stunde auf die andere. Mir selbst bietet Agenor königliche Pracht, Gold und Elfenbein, eine gelassene Reinheit und träumerische Trunkenheit. Das Außer-mir-Sein nährt mich. Die Schönheit des Traumes. Ich begebe mich hinaus aus dieser Welt. Meine Träume erhalten mich; ich werde unverwundbar.

Die Amerikanerin Carol, die Madegassin Eloise, die Kreolin Rose-Adélaide, die Chinesin Nadine und die »Zigeunerinnen«, die jüdischen, französischen, polnischen, russischen, italienischen Frauen in diesem Lager, begreifen sie besser als ich, warum wir hier sind?

Ich habe aufgehört, die Tage und Nächte zu zählen. Ich datiere meine Eintragungen im Notizbuch nicht mehr. Zählt etwa Agenor die Tage, die Monate? Nein. Er ist das Leben. Das Leben zählt nichts ab. Er ist die Ewigkeit.

Heute tauschen wir, um uns zu beschäftigen, Kochrezepte aus. Suzanne ist rührend in ihrer Beschreibung des Schweinefleischs nach Art von Le Mans. Wie selten sind diese Augenblicke der Ruhe seit meiner Ankunft in Ravensbrück. Unter den Frauen haben sich regelrechte Clans gebildet, und trotz des Entsetzens, das an uns allen frißt, bleibt der Rassismus bestehen. Keine der anderen schwarzen Frauen fühlt sich von ihren weißen Mitgefangenen akzeptiert. Ebensowenig akzeptiert eine Französin eine Russin oder versteht eine Italienerin eine Norwegerin.

Alles wird zum Anlaß für Auseinandersetzungen unter uns armseligen Sklavinnen.

Ich arbeite, ich schlafe, ich weine immer weniger, ich beobachte, ich höre zu, ich schreibe. Und ich bete.

Die sanfte Stimme Suzannes dringt an mein Ohr und holt mich in das Leben hier zurück. »Für 500 Gramm gehacktes Schweinefleisch braucht man ein Kilo Schmalz ...«

Eine andere stellt einen Christmas-Pudding vor. In diesem kulinarischen Stimmengewirr, zwischen Entenleberpastete und *far breton*, knirschen wir mit den Zähnen, und das Wasser läuft uns im Mund zusammen. Unser Hunger ist immer sehr groß. Wir täuschen ihn mit Worten.

Jetzt bin ich dran. »Ich will euch unsere köstlichen antillischen Gerichte genießen lassen. Aber zuerst gibt es einen Apéritif, einen *ti-punch*. Dazu geben wir in ein Glas einen guten Löffel oder zwei mit Rohrzuckersirup, der so gewonnen wird: braunen Rohrzucker mit einem Teil Wasser aufkochen und mit Vanille und Kaneel würzen, fertig. Dazu gießen wir weißen Rum und stecken eine Viertelscheibe grüne Zitrone ans Glas. Ein wenig vom Saft dieser Zitrone träufeln wir in den Punsch.

Dieser helle Punsch wird mittags serviert; am Abend, bei Einbruch der Dunkelheit, trinkt man den alten, dunklen Rum. Er ist mein Lieblingsrum, mit einem edlen Aroma, weil er lange Jahre in Eichenfässern reift. Einige Rumsorten sind so alt wie ich, fünfundzwanzig.«

Ich stelle in meinem wegen des hungrigen Magens fieberhaft arbeitenden Gehirn ein ganzes Menü zusammen:

Calalou-Krabben
Avocadocreme
Titiris-Marinade
Blaff vom Fisch
Schildkrötenfrikassee
Manicou mit roten Erbsen
Kreolische Desserts
Französische Weine, Ananaswein, Orangenwein

»Das *calalou* wird heiß auf den Tisch gebracht. Meines hier ist eine dicke Suppe mit Krabben und *gombos*, einem grünen, faserigen Spargel, der an der Spitze kleine rosaschimmernde Körnchen hat. Vom *calalou* wird gesagt, es wirke stärkend, und deshalb empfiehlt man es besonders den Jungverheirateten.

Was die Avocadocreme angeht, so hat jede Frau ihre eigene Art, sie zuzubereiten. Ich knete zuerst mit den Händen einen gegrillten, gewässerten Kabeljau zusammen mit einem Teil Manjokmehl, Jamaikapfeffer, feingehackten Zwiebeln und vorsichtig zerkleinerten *piment-oiseau*. Dies alles gut vermischt gebe ich zum Schluß mit dieser zart grüngelben Pflanzenbutter zusammen, die Avocado heißt.

Dann sind die Marinaden, oder auch *acras* genannt, an der Reihe. Es sind Teigtaschen, die gefüllt sind mit winzigen, silbern schimmernden Fischen, den *titiris*. Ach, wie oft habe ich diese *titiris-éclairs* gekostet!

Für mein Fisch*blaff* nehme ich *capitaine*, der seine Tressen auf dem Rücken trägt, und große Sardinen, die, wie es heißt, von Gott berührt wurden, weil sie goldglänzende Flecken hinter ihren Kiemen haben.

Als nächster Gang wird *manicou* serviert, ein kleines, wild lebendes Beuteltier der Karibik mit einem besonderen Geschmack, das bei den Ureinwohnern sehr beliebt ist. Es hat aphrodisische Eigenschaften.

Schließlich das Dessert: Ich stelle euch einige wunderbare Früchte vor, selbst deren Namen sind in Europa unbekannt. Sie werden alle zusammen in einem mit *latanier-* oder *bakoua*-Blättern ausgeschmücktem Körbchen serviert, oft mit roten Bananenblättern als Unterlage: *barbadines*, die roten Wassermelonen ähnlich sind, dann Lianenäpfel mit einem Kränzchen aus Kelchblättern, Kytherapflaumen, *caimites* mit ihrem sirupartigen Fruchtfleisch, Julie-Mangos, und, gekrönt von einem Smaragdblätterkranz, die Königin der Früchte, die Ananas Saint-Pierre! Außerdem noch duftende Guaven, entweder rosa oder weiß mit körnigem Fruchtfleisch, winzige Bananen, so groß wie ein Daumen, die *fressinettes* oder *ti-figues dessè* genannt werden, Mahagoni-Äpfel mit einer Nuß gekrönt, Kaneel-Äpfel mit dicken grünen Schuppen und zum Schluß saftige Wasser-Äpfel, die so gut den Durst löschen.«

Dieser hübsch angerichtete Fruchtkorb ist mein Schatz, seine Düfte hüllen mich ein. Etwas Süßes, Fettes und Warmes rinnt mir die Kehle hinab. Plötzlich erhebt jemand in unserer Runde die Stimme und gibt das antillische Rezept für die Erstkommunionsschokolade zum besten.

Ich fahre hoch. Ich kann erkennen, wer es ist. Rose-Adélaide. *»Béké épi Neg' pa te ka enten. – Békés* und Schwarze kommen nicht miteinander aus«, heißt es auf den Inseln. Und in Ravensbrück?

Heute nacht hatte ich einen Traum: Ich habe Rose-Adélaide in einem riesigen Rumfaß der Lamentin-Werke, das mit Kommunionsschokolade gefüllt war, ertränkt! Sonst träume ich meist, daß ich gegrilltes Fleisch esse, Schafskotelett mit einer Soße auf antillische Art. Von Fleisch träumen alle Gefangenen im Lager, und viele wachen erschrocken auf mit fürchterlichen Magenkrämpfen.

In Wirklichkeit steigt uns der Gestank des Krematoriums in die Nase. Was für eine scheußliche Quälerei unserer Sinne, was für ein trostloser Traum, den wir da in Nächten des schlimmsten Hungers träumen. Von dem, was herumerzählt wird, weiß ich, daß es vielen hier so geht – wegen des dauernden Hungers und dieses Lagergeruchs.

Die Insekten in unserem Block sind verheerend. Kopfläuse, Kleiderläuse, Körperläuse – Läuse überall. Trotz der gründlichen Morgentoilette werde ich diese verdammten kleinen Bestien einfach nicht los. Unser Stroh wird nie erneuert, und den Waschungen widerstehen sie.

Wieder ein Transport aus Auschwitz, aus Polen. Das Lager ist zum Platzen überfüllt. Während dieser Ankünfte können wir uns in den verschiedenen Bezirken des Lagers etwas freier bewegen. Auf diese Weise habe ich Block 31, die Baracke mit den Verrücktgewordenen, entdeckt. Durch einen offenen Fensterspalt konnte ich einen Blick hinein werfen. Etwa fünfzig Frauen in einem kleinen Raum. Alle diese bedauernswerten Wesen haben den Verstand verloren, so wie ich ihn oft zu verlieren fürchte. Diese Unglücklichen drängen sich auf engstem Raum ohne eine Möglichkeit, sich irgendwo hinlegen oder ausstrecken zu können. Manche sind völlig unbekleidet, andere tragen ihre Kleidung irgendwie – Hemd über Rock, Pullover über Unterhose. Ihre vollkommen ausgemergelten Körper sind mit Wunden, blauen Flecken und Krätze übersät. Lebende und Tote zusammen – Körper, die mit Blut und Exkrementen beschmutzt sind. Die Lebenden heulen, singen, stöhnen, weinen, schreien – alle gleichzeitig. Mit einemmal tritt Stille ein. Von der Tür her wurde ein Eimer eiskaltes Wasser über die Frauen geschüttet.

Auch eine schwarze Frau ist da drinnen. Sie spielt Mutter und Kind mit einer Toten, die auch schwarze Hautfarbe hat. Sie mag um die dreißig sein, die Tote ist höchstens zwanzig Jahre alt geworden. Ihre Tochter kann es nicht sein. Immer wieder stellt sie die Leiche der jungen Frau hin, lehnt sie an die Wand und wartet ab, ob sie stehenbleibt. Wenn sie zu Boden fällt, ohrfeigt sie sie bis zur Erschöpfung. Und die Tote hat schon so viele Verletzungen. Sie spricht mit dem Leichnam, aber in diesem Stimmengewirr kann ich nicht heraushören, was sie sagt. Sie wiederholt diese Handlung unzählige Male. Bleibt die Tote an der Wand stehen, versucht sie mit ihr zu laufen wie mit einem kleinen Kind...

Wie gerne würde ich ihr zu Hilfe kommen, mit ihr sprechen, sie beruhigen. Ich, die sich zur Krankenschwester ausbilden ließ, um ihren Nächsten zu helfen, aus Achtung vor dem Leben, hier bin ich machtlos gegenüber diesem unvorstellbaren Leid. Meinen Beruf darf ich im Lager nicht ausüben, niemandem die geringste Pflege zuteil werden lassen. Weil man mich bodenlos verachtet, als »menschlichen Abfall« klassifiziert hat.

Von diesem Anblick gebannt, merke ich nicht, was hinter mir vorgeht. Ein brutaler Stiefeltritt wirft mich auf die Erde, kopfüber in den Schlamm. Gefolgt von zehn harten Stockschlägen. Am Abend wird mir die Suppe entzogen, für drei Sonntage hintereinander ist mein Essen gestrichen. Mir wird befohlen, draußen zu stehen vor der Baracke, achtzehn Stunden lang. Es schneit wieder. In Suzannes Augen habe ich Tränen gesehen.

Allerdings sind sonst Einzelstrafen eine Seltenheit. Im allgemeinen müssen wir füreinander einstehen, eine für die andere. Wir »posieren«, das heißt, wir haben zum Beispiel alle zusammen achtzehn Stunden draußen zu stehen, wenn eine beim Appell in der Reihe beim Reden erwischt wurde – ohne Essen. Oder sechsunddreißig Stunden, wenn eine Mitgefangene versucht hat zu fliehen. Keine hält das durch, ohne zwei- bis dreimal ohnmächtig zusammenzubrechen. Sobald eine wieder zu sich kommt, muß sie ihren Platz wieder einnehmen.

Mir fiel es diesmal schwer, mich davon wieder zu erholen.

Es ist Sonntag, und ich habe furchtbaren Hunger. Draußen ist es minus dreißig Grad kalt. Wenige Gefangene sind draußen. Alle verkriechen sich. Wir sind mißtrauisch gegeneinander, denn es weht ein Wind der Denunziation. Die Freundschaften sind dadurch in Gefahr: Sie fallen so leicht dem Augenblicksinteresse oder dem Tod zum Opfer.

Ich sehe von vorne eine andere Nummer auf mich zu kommen. Es ist eine schwarze Frau. Unsere Blicke begegnen sich, und wir bleiben stehen. Ich habe meine frühere Freundin wiedererkannt! Es ist Anastasie, die Tochter meines Schullehrers.

Ich wußte, daß sie einen französischen Lehrer geheiratet hatte und mit ihm nach Straßburg gegangen war. Wir umarmen uns. Es muß sehr schnell gehen. Man wird uns nicht lange miteinander reden lassen. Ganz hysterisch erzähle ich ihr von Nicaise und Désiré.

»Anastasie, hast du unterwegs Kinder mit dunkler Hautfarbe gesehen oder jemanden getroffen, der sie gesehen hat?« Sie schüttelt den Kopf. Nein. Sie hat mir andere, unglaubliche Dinge zu berichten.

Ihr Bruder kämpft gegen die Deutschen; er gehört zu einem antillischen Bataillon. Sie sind am 10. Juni 1943 von Roseau auf Dominique abgeflogen, und zwar zuerst in ein Militärlager bei New Orleans in den USA. Dann kamen sie zur Ausbildung nach Casablanca, Marokko. Sie nennt die Namen der antillischen Offiziere: General Dardet, Kommandant Felix Eboné, General Mortenal. Kolonel Gournal aus Martinique kämpft an der Spitze einer Widerstandsgruppe im unbesetzten Süden Frankreichs. Sie erzählt schnell weiter, von Hauptmann Pierre Rose, der ein Widerstandsbataillon im Tal der Asse leitet. Die Truppe trägt einen Namen, der mir vertraut klingt: Fort-de-France.

Sie redet und redet in einem Atemzug, und ganz plötzlich stellt sie mir die beinahe belanglose Frage: »Sag, schreibst du immer noch Kindergeschichten?«

»Ich schreibe immer noch, ja, aber etwas ganz anderes.«

Ob ich ihr von Agenor erzählen soll? Zu spät. Da kommen schon wieder SS-Soldaten mit ihren Hunden. Wir müssen von hier verschwinden.

Als wir an der Baracke der Verrückten vorbeikommen, wird unsere Aufmerksamkeit gefangengenommen von den Schreien, dem Singsang, dem Jammern und Klagen, Lachen und Heulen. Ein Lastwagen steht im Hof beim Block, und Soldaten treiben die Unglücklichen dort hinein.

Ich erkenne unter ihnen die schwarze Frau wieder, die mit der Toten zugange war. Sie bleibt kurz in unserer Nähe stehen, dann geht sie weiter mit einem Blick ins Unendliche. Anastasie sagt: »Bestimmt hat sie dich mit mir verwechselt. Ich habe ihr vor zwei Monaten bei ihrer Geburt geholfen. Ihr Mann ist in Dachau umgekommen. Sie kam hochschwanger hierher. In ihrem schrecklichen Kummer hat sie auf dieses Kind der Liebe wie auf eine Erlösung gewartet. Kaum war es geboren, hat man es ihr weggenommen. Sie hat es sofort zurückgefordert, sich aufgeregt und gebrüllt. Die Antwort waren Stockschläge. Nun war sie es, die schlug – bei allen, die ihr zu nahe kamen. Sie fing an, das Essen zu verweigern. Dann hat sie angefangen, mich zu beschuldigen, ich hätte ihr den kleinen Sohn geraubt, und hat mich damit ganze Nächte wachgehalten. Bald wurde ihr Reden immer unzusammenhängender, sie redete pausenlos, und dann verstummte sie. Im Block der Verrückten hat sie zuerst ihre Kleider zerrissen und sich eine Puppe daraus gemacht. Damit wurde sie ruhiger und ganz mütterlich. Sie hielt und wiegte diese Stoffpuppe den ganzen Tag über.«

Ich hatte sie gesehen mit einer Puppe aus Fleisch und Blut, mit einer Toten.

20

Bambus

Es dauert in Ravensbrück nicht lange, und jede Frau, die eine bestimmte Gabe besitzt, findet heraus, daß sie damit auch eine gewisse Macht hat. Suzanne verschafft sich inzwischen dadurch Respekt, daß sie fließend deutsch spricht.

Nadine, die Chinesin, ist ein Genie im Stehlen. Ich habe sie beobachtet. Sie geht morgens zu ihrem Arbeitskommando, völlig nackt unter ihrer Sträflingskleidung, und abends kommt sie mit mehreren Pullovern übereinander und den verschiedensten Kleinigkeiten, die sie Gott weiß wo aufgetrieben hat, wieder zurück. Sie bringt es sogar fertig, Medikamente ins Lager zu schmuggeln, Ampulle für Ampulle ... nicht zuletzt dank der Mädchen, die die Waggons entladen und einiges in ihren Schuhen verstecken.

Heute ist Nadine mit drei Bogen weißem Papier und einem Stift angekommen. Es ist ein Wunder! In diesen weißen Blättern hat sie außerdem im Buchhaltungsbüro eine Aufstellung über die Wirtschaftlichkeit dieses Lagers versteckt. So erfahren wir, was wir »kosten«, was für unseren Unterhalt berechnet wird. Offiziell schwankt der Preis für unsere tägliche »Versorgung« zwischen sechs und zehn Reichsmark. Etwa zu diesem Preis werden wir an Unternehmen oder an den Staat für verschiedene Arbeiten »vermietet«.

Die Amerikanerin Carol ist in ihrem Land von Beruf Sängerin. Wenn in unserem Block aus immer demselben Anlaß – Hunger – ein einziges Chaos herrscht, dann singt sie, um alle zu beruhigen, die Arie der Carmen aus der Oper von Bizet.

Andere, vor allem junge Frauen, haben sich auf die Traumdeutung gestürzt. Sie versuchen auf ihre Art, sich selbst und den anderen Mut zu machen: »Du hast geträumt, du fliegst davon? Na, das ist ein gutes Zeichen, das heißt, wir werden befreit.«

Auch Eloise hat ein besonderes Talent: Sie hat goldene Hände! Heimlich biegt sie Spangen, Löffel und anderes aus kleinen Eisenteilen, die eine andere Gefangene bei Siemens, wo sie arbeitet, mitgehen läßt. Sie tauscht sie gegen Essen oder Dinge, die sie gerade braucht, ein.

Wenn wir es im größeren Rahmen schaffen könnten, unsere Kräfte zu vereinen, würde es uns bestimmt gelingen zu überleben.

Agenor, Du Gott aller Schwarzen auf der ganzen Welt! Du bringst mich auf eine gute Idee! Wir müssen in Ravensbrück unsere eigenen heimlichen Treffen unter schwarzen Frauen organisieren! Zusammenkünfte, wie es sie einst auf den Antillen gab. Wir werden sie Bambus nennen, nach dieser vielseitigen Pflanze meines Landes. Sie kann als spitze, vergiftete Waffe dienen, die unheilbare innere Blutungen verursacht, ohne Spuren zu hinterlassen – und ist doch derselbe Bambus, der sich bis zum Boden biegt, wenn der Wind über ihn hinwegfegt.

Suzanne kommt mich unauffällig abholen. Ich gehe sofort mit ihr hinaus zu unserer ersten heimlichen Versammlung. Wir haben beschlossen, sie bei der *Scheißkolonne* abzuhalten, wie wir das hier spöttisch nennen.

Alle sind am vereinbarten Ort erschienen, außer Anastasie. Sie muß zurückgehalten worden sein. Suzanne ist an meiner Seite. Für mich ist sie weder schwarz noch weiß, sondern beides – sowohl schwarz als auch weiß. Carol, Nadine und Eloise sind mit uns zusammen. Aglaé fehlt uns. Unsere junge Freundin aus Senegal, die arme, zarte und arglose Aglaé, die uns viel von ihrer Insel Gorée mit der traurigen Vergangenheit erzählte. Wir bekreuzigen uns und beten. Carol stimmt ein

Kirchenlied an, einen schwarzen Gesang aus tiefstem Glauben. Er bringt uns die Insel Gorée von einst in Erinnerung. Carol sagt, ihr Lied hieße in ihrem Land *Gospelsong*. Wir murmeln mit ihrem Singen, sprechen jede Zeile nach:

Nobody knows the trouble I've seen,
Nobody knows but Jesus.
Nobody knows the trouble I've seen,
Glory Hallelujah!

Ein heimliches Gebet steigt auf zu dem grauen, gleichgültigen Himmel von Ravensbrück. Aber es geht schnell, denn wir müssen auch hier auf der Hut davor sein, überrascht oder denunziert zu werden. Außerdem wird der unglaubliche Gestank an diesem Ort ziemlich schnell unerträglich. Trotzdem, die *Scheißkolonne* scheint der einzige Platz zu sein, der keine neugierigen, neidischen Blicke anzieht.

Was haben wir uns zu sagen, wenn wir uns hier versammeln? Was haben wir an Dringendem miteinander zu teilen? Was habe ich diesen Frauen zu geben? Meine Vergangenheit? Mein Schwarzsein?

Jeden Tag lerne ich sie ein wenig besser kennen in dieser Stadt der Wahnsinnigen, wo meine Zukunft an der menschlichen Grausamkeit scheitert und wo wir zu den Sklavinnen des Wahnsinns gemacht worden sind. Weil wir in dieser Welt von Ausgeschlossenen wiederum ausgeschlossen werden, will ich Agenor, meine heimliche Kraft, mit meinen Leidensgefährtinnen teilen. Er allein kann uns helfen zu überleben.

Vielleicht war es damals, um 1793, schon Agenor, der wie ein schwarzer König die Nationen der Ibo und der Bambara auf Martinique zu ihren heimlichen Versammlungen und zum gemeinsamen Tanz rief. Sie hießen Zug der Hoffnung oder Zug der Vereinten.

In Ravensbrück sind wir fünf dank ihm auch zum Zug der Vereinten geworden, und sogar zum Zug der Hoffnung.

Agenor! Zeige Dich den Frauen hier, rette uns! Laß uns singen, laß uns tanzen!

Carol hat als erste seine Gegenwart gespürt. Sie zittert am ganzen Leib, sogar ihre Lippen. Ihre warme Stimme beschreibt in einer Mischung aus Englisch und Französisch zuerst einen, dann mehrere Schatten mit hohen weißen Kapuzen. Sie sind vermummt, kein Gesicht ist erkennbar. »Weißt du, Sidonie, das sind die schleichenden Mörder-Umrisse des *Ku Klux Klan.*« Sie blickt in unsere bestürzten, fragenden Gesichter und erklärt uns alles. Sie sagt auch, daß Hitler ein Buch geschrieben hätte mit dem Titel *Mein Kampf*, worin er sich über »minderwertige Rassen«, auch über Schwarze auslasse. Sie selbst hatte es nicht gelesen, aber ihr jüngerer Bruder Steve setzte es ihr genau auseinander. Er erzählte ihr auch, daß bei der Olympiade in Berlin 1936 der »Führer« sich geweigert habe, zwei schwarzen Athleten die Hand zu geben.

Noch während sie von Steve erzählt, ändert sich Carols Gesichtsausdruck völlig. Er ist Jagdpilot in der amerikanischen Armee. Sie ist davon überzeugt, daß er einmal unser Lager befreien wird.

Nadine, die Realistin, beendet unsere Versammlung, nachdem sie uns noch für ein paar Augenblicke inmitten dieser Kloake von der Kirschblüte in ihrem Land, den zierlichen Häusern aus Bambus und Pergament und den Aromen parfümierter Tees träumen ließ.

Als wir aus unserem Versteck heraustreten, haben wir nur einen Wunsch: uns zu waschen. Ein wohltätiger Regen geht über dem Lager nieder. Ich fange an zu tanzen und zu singen vor Freude: *»Ba moin an ti bo, deux ti bo, trois ti bo, doudou…«* Zum Abschied umarmen wir uns alle noch schnell; dabei kommen uns die Tränen.

Aber Anastasie. Wo ist sie? Einige Stunden nach meiner Rückkehr in den Block erfahre ich von Nadine, daß Anastasie krank ist: Typhus und hohes Fieber. Sie ist ins *Revier* geschickt worden, ins Vorzimmer des Todes. Wir müssen sie retten. Nadine ist es gelungen, sie kurz zu sehen. Normalerweise dringt niemand in das *Revier* ein, ohne bemerkt und sofort in den *Strafblock* geschleppt zu werden.

Genau dorthin will Rose-Adélaide mich bringen, denn sie stellt mir jedesmal nach, wenn ich mich von unserer Gruppe entferne. Was kann ich bloß tun, um sie loszuwerden? Es geht einfach schon zu lange, daß sie ständig hinter mir herspioniert. Ich beschließe, ihr eine Lektion zu erteilen. Ganz bewußt lasse ich sie mir zur *Scheißkolonne* folgen. Als wir angekommen sind, drehe ich mich unvermittelt um: »*Pouki ou ka suiv' moin kon ca?* – Was rennst du immer hinter mir her?«

»*Pa ce ou cé en vié négresse.* – Weil du 'ne olle Negerin bist.« »*Jodi-a ou caille oué ca en vié négresse caille féou, pren coulé!* – Dann paß gut auf, was die olle Negerin dazu meint: Jetzt kriegst du Farbe!«

Bei diesen Worten habe ich Rose-Adélaide schon gepackt und stoße sie mit aller Kraft in die Fäkaliengrube. Mit einem Sprung zur Seite rette ich mich. Dann laufe ich weg, so schnell ich kann.

Ein ganzes Stück entfernt halte ich auf meinem Weg an, um mich zu verschnaufen. Ich sehe zwei Gefangene eine Karre voller Leichen vor sich herschieben. Der Körper einer Frau mit langem Haar gerät ins Rutschen, und das Haar wickelt sich um das Rad. Die beiden Frauen halten die Karre an, um die Verwicklung zu beheben. Dabei rollen weitere Leichen von der Ladefläche herunter in den Straßenschmutz.

Beim Anblick dieser Szene breche ich in lautes Lachen aus. Doch meine Hysterie wird sofort vom wachsamen Auge einer Blockowa gebremst. Trotzdem habe ich im Augenblick mehr Angst vor mir selbst als vor ihr. Ich habe Angst, den Verstand zu verlieren. Normalerweise hätte mich eine solche Szene zum Weinen gebracht. Der Irrsinn belagert unseren Geist; selbst wenn das Lachen eine Art Ventil abgeben mag, so ist es gleichzeitig die fratzenschneidende Maske all unserer Ängste.

Überleben, ja, nur das Überleben zählt, aber seine Formen

sind allesbeherrschend und abstoßend. Hier stehlen die Lebenden den Sterbenden ihre Schuhe oder Hemden und raufen sich um deren Hinterlassenschaft, ohne den letzten Atemzug abzuwarten. Sogar die Ankunft von Neuen wird belauert, um die Überlebenschancen der einzelnen abzuschätzen.

Wenn nach ein paar Tagen bereits der Wille nachgibt, schreibt sich der Tod in die Gesichtszüge einer Gefangenen ein. Es ist schwierig, den Übergang von einem Stadium zum nächsten zu bestimmen. Bei manchen geht es langsam, nach und nach, bei anderen sehr abrupt. Das zweite, tödliche Stadium macht sich bemerkbar, wenn der Körper ein Drittel seines Normalgewichts verloren hat. Das Gesicht verändert sich deutlich. Der Blick wird stumpf und leer, mit gleichgültig-tristem Ausdruck. Die Augen werden kleiner, treten tief in die Augenhöhlen zurück. Die Haut nimmt eine aschfahle Farbe an und wird wie dünnes, trockenes Papier; sie schuppt und schält sich. In diesem Stadium bin ich noch nicht angekommen! Agenor läßt meine Haut immer noch ein wenig dunkel schimmern.

Die Tage verstreichen einer wie der andere mit ihrer Schreckenslast. Dank Nadine gelingt es mir, mich ab und zu bis zum *Revier* zu schleichen. Anastasie geht es sehr schlecht. Sie ist manchmal völlig weggetreten und phantasiert. Auch ich kann oft nur noch mit großer Mühe meinen Verstand beisammenhalten. Häufig bin ich ganz abwesend und träume. Manchmal setze ich mich einfach hin, und ohne es recht zu merken, fange ich an, ein altes Lied, das mir Victoire beigebracht hat, vor mich hin zu summen. Mit einem dieser Lieder haben Anastasie und ich einmal einen ersten Preis für Gesang gewonnen: »O Martinique, Insel der grünen Gipfel, der goldenen und purpurroten Sonnenuntergänge ...«

Ich eile zur Krankenstation, und an ihrem Fenster singe ich leise dieses alte kreolische Lied. Ganz bestimmt kann sie es hören.

Seit vier Tagen, zu verschiedenen Tageszeiten, vollziehe ich diesen Ritus. Ich hoffe, er hilft Anastasie, die mir mehr als eine Freundin ist. Sie ist mein Gedächtnis, meine Erinnerung. Ihr Tod wäre entsetzlich für mich. Und auf der anderen Seite bin ich mir sicher, daß sie wieder gesund werden kann – mit Hilfe unserer Verbundenheit. Agenor wird uns beistehen.

Heute hat mir mein Singen zehn Stockschläge von irgendeiner *Polizei* eingetragen, und ich wurde zum Ausladen eines Zuges mit Gütern aus Polen kommandiert.

Ein Transport folgt auf den nächsten, und Hunderte von Sklavinnen wie wir sind nötig, um das alles auszuladen. Gruppen werden eingeteilt; wir arbeiten den ganzen Tag und einen guten Teil der Nacht. Hier treffe ich diese Frau von den Antillen wieder, die mich in Auschwitz in ihre Baracke holte, als ich Désiré zum letzten Mal gesehen hatte. Beim Ausladen des Waggons, zu dem wir beide befohlen worden sind, versuche ich von ihr zu erfahren, ob sie vielleicht meinen Sohn gesehen hat. Aber sie weiß nichts von ihm. Bei unserem Gespräch erfahre ich ihr Geheimnis: Sie ist die Tochter einer Zigeunerin und eines martinikanischen Vaters. Nach dem frühen Tod der Mutter zog ihr Vater sie in der Tradition der Antillen auf und gleichzeitig im engen Kontakt zur fahrenden Familie ihrer Mutter. Sie wurde von der Straße weg verhaftet und zuerst nach Montreuil-Bellay im Anjou deportiert, von dort nach Auschwitz und schließlich hierher, nach Ravensbrück.

21

Die Untermenschen

Gleich heute morgen konnte ich wieder für einen Moment aus unserem Block flüchten und mich heimlich zum Revier davonstehlen. Ich mußte wieder für Anastasie singen. Und heute erhob sich hinter den Fenstergittern irgendwann eine Stimme, die meinem Gesang antwortete: »O Martinique, Insel der grünen Gipfel...« Ich singe leise weiter, die andere Stimme ebenfalls: *»Femmes tombé pa jen main désespéré* – Frauen fallt nicht in Verzweiflung...«

Ein Wunder! Es ist Anastasie, sie lebt! Sie hat mich gehört. Agenor hat mich erhört! Ich kann keine Minute länger bleiben und renne los, bevor mich eine Blockowa schnappt. Doch wie überglücklich, wie froh bin ich!

Inzwischen bringt mir Nadine jeden Tag Neuigkeiten von Anastasie. Ihr Fieber ist gefallen. Sie ißt wieder, was sie bekommen kann. Das heißt, sie ißt diese gemeine dünne Brühe. Ich lasse ihr winzige Stückchen Brot oder eine gekochte Kartoffel zukommen. Dieses Essen tauschen Nadine und ich ein gegen einige der vielen kleinen Gegenstände, die Nadine im Lager erbeutet.

Was mich betrifft, ich bin zu einer neuen Arbeit eingeteilt worden. Ich muß die persönlichen Habseligkeiten der vielen Gefangenen, die jeden Tag neu hier ankommen, sortieren. Die Deutschen überwachen mich dabei aus nächster Nähe. Sie selbst sind vor allem an Schmuck und Kleidung interessiert. Oft sind in den Jacken- und Mantelfuttern sehr wertvolle Dinge eingenäht, manchmal sogar Bankschecks. Einmal habe ich eine winzige Bibel gefunden und zu behalten versucht, aber auch sie wurde mir sofort weggenommen.

Anastasie ist wieder gesund. Sie hatte eine Krankheit, die hier Sumpffieber von Ravensbrück genannt wird und sich vor allem in plötzlichen Fieberanfällen zeigt. »Morgen wird sie aus dem Revier entlassen«, flüstert mir Suzanne vor dem Einschlafen noch schnell zu. Sie erzählte mir auch, daß in der Krankenstation Zustände herrschen wie in Dantes Inferno. Um überhaupt zur Arztvisite zugelassen zu werden, muß eine 40 Grad Fieber haben. Sehr oft liegen die Patientinnen schon im Sterben: Manche werden auf Tragen hingebracht, andere müssen sich mit letzten Kräften selbst hinschleppen. Es gibt Operationssäle, Zahnbehandlungszimmer, Untersuchungsräume und Laboratorien. Aber wir fragen uns, was die ganze Ausstattung soll, wenn gleichzeitig die Kranken im schlimmsten Schmutz sich selbst überlassen bleiben, ohne Wasser und ohne WC.

Bei einer einfachen Fieberinfektion hat eine Gefangene hier mehr Chancen, sich noch weitere, sehr viel schlimmere Krankheiten zuzuziehen, als zu genesen. Allein die Ruhe und die inneren Kräfte haben Anastasie geheilt. Beim Anblick dieses Blocks voller Schwerkranker, die zu mehreren auf einer Etage in den Bettgestellen zusammengepfercht sind, drängt sich der Gedanke an ein mittelalterliches Siechenhaus während einer der großen Epidemien auf.

Anastasie ist am Leben, aber jetzt haben wir Carol verloren! Sie hatte mit der Blockowa Knoll während der morgendlichen Inspektion eine Auseinandersetzung. Diese hatte in Carols Strohsack Läuse entdeckt und fing sofort an, auf sie einzuschlagen. Carol ließ sich das nicht gefallen und beschimpfte sie als rassistisches Schwein. Die Knoll machte auf ihrem Stiefelabsatz kehrt – mit einem stahlharten Blick. In diesem Moment muß sie den Beschluß gefaßt haben, Carols Leben ein

Ende zu setzen. Eine Zeitlang hat sie nichts gesagt, und nachdem sie sich wieder beruhigt hatte, hielt sie den Frauen dort folgende seltsame Rede: »Wir führen die Zivilisationsarbeit, die Franzosen, Engländer, Spanier, Portugiesen und Holländer schon vor uns begannen, aber nicht beendeten, nur weiter. Sie brachten Millionen Neger in die Neue Welt, damit sie arbeiten, als kostenfreie und austauschbare Arbeiter. Sie hatten begriffen, daß es Rassen gibt, die dazu auserwählt sind, über die anderen zu herrschen. Sie haben den Ausdruck 'Untermenschen' geprägt, aber wir, wir haben die Endlösung.«

Carol wurde zusammen mit mehreren unserer Gefährtinnen mit Gewalt ins Revier geschleppt. Dort operierte man sie unter unglaublichen Bedingungen und führte »Experimente« an ihnen durch: Ihre Wunden wurden willkürlich mit Erde und Abfall verschmutzt, anschließend mit Sulfonamiden behandelt. An Carol wurde ein Medikament mit dem Kode B 1034 »erprobt«. Anastasie und ich haben heute gehört, daß sie gestorben ist. Wir weinen beide im stillen.

Nobody knows the trouble I've seen...

In unserem Block NN 32 befinden sich nur noch völlig verängstigte Frauen; ich gehöre auch dazu. Ich versuche, so wenig wie möglich bemerkt zu werden, doch meine Beziehungen zu Rose-Adélaide verschlechtern sich immer mehr. Als sie von Carols Tod erfährt, fängt sie an zu lachen und sagt zu mir, bald wäre ich dran, ich würde auch nicht mehr lange durchhalten, dann wäre ich reif fürs Revier. Als Antwort bekommt sie eine dicke Beleidigung, und prompt stürzt sie auf mich los und schlägt zu. Die Blockowa Knoll läßt nicht lange auf sich warten, peitscht auf uns ein und trennt uns.

Rose-Adélaide wird mit Arrest belegt, ich muß in den *Strafblock*. Dort sitzen alle die Frauen hinter Gittern, die der Auflehnung oder eines Disziplinverstoßes bezichtigt wurden. Sie tragen einen roten Kreis am Ärmel, um im Fall ihrer Flucht sofort erkennbar zu sein...

Die Blockowa im *Strafblock* ist eine Zigeunerin, die ihre Leute verraten und sich in den Dienst der Nazis gestellt hat. Die Ankunft jedes neuen hübschen jungen Mädchens bedeutet für sie einen neuen Versuch, ihrem Laster zu frönen. Diese Frau als Verantwortliche für den *Strafblock* eingesetzt zu haben ist verabscheuungswürdig. Hier kommen zu den körperlichen Leiden noch die Scham und die Erniedrigung.

Weil ich die Avancen dieser Frau abgewiesen habe, bekomme ich für zehn Tage nur die halbe Essensration. Und ich werde wegen jeder Kleinigkeit ausgiebig verprügelt. Schließlich beordert sie mich zum Kohlenausladen. Sie lacht los, wenn sie mich abends schwärzer zurückkommen sieht, als ich morgens weggegangen bin.

22

Die Wurzeln sterben nicht

Warum verläßt Du mich, Agenor?

Endlich bin ich aus dem Strafblock entlassen worden, aber ich fühle mein Ende nah. Ich huste und spucke Blut. Ich weiß, daß es Tuberkulose sein muß. Inzwischen ist es Sommer geworden, trotzdem sieht die Umgebung genauso trist und grau aus wie im Winter. Die Sonne meiner Inseln werde ich nicht mehr wiedersehen. Ungefähr sechs Monate habe ich hier durchgestanden, sechs Monate in dem Gefühl, nicht mehr der wirklichen Welt anzugehören. Ich bin in eine andere Welt eingetreten.

Im Lager wird gemunkelt: An dem Tag, an dem in Ravensbrück die Stunde schlägt, wird Hitler besiegt sein.

Wer das wohl in Umlauf gesetzt hat? Um so erstaunlicher, als es im Lager weit und breit keine Uhr gibt. Wir alle leben jenseits der Zeit, jenseits von Stunden und Tagen. Für mich jedenfalls, wann immer diese Stunde schlägt, wird es zu spät sein. Ich bin sicher, daß meine Kräfte mich bald verlassen werden.

Heute morgen mußte ich wieder zum Kaffeedienst antreten. Es ist etwa halb vier, ich bin vollkommen erschöpft. Ich schleppe mich quer durch das ganze Lager bis zu den Küchen; hier und da fällt Scheinwerferlicht von den großen Lichtmasten. Plötzlich bleibe ich wie angewurzelt stehen: Nicht weit vor mir erhebt sich ein viereckiger Turm, den ich hier noch nie gesehen habe. Es sieht so aus, als sei er über Nacht vor den Küchen gewachsen. Auf der vorderen Seite ein riesiges Zifferblatt. Aber was ist das denn? Es sind keine Zeiger daran. Trotzdem sieht es wie ein Uhrzifferblatt aus ... Das ist die Uhr von Ravensbrück, die das Ende Hitlers anzeigen wird!

Agenor, bist Du es, der diese Uhr hierhergebracht hat? Hast Du mich erhört? Oder bin ich drauf und dran, verrückt zu werden?

Ich hatte geglaubt, ich müßte hier sterben, doch das war ein Irrtum. Gerade erfahre ich von Suzanne, daß wir in ein anderes Lager gebracht werden. Nach Mauthausen. »Das ist das Ende«, sagt Suzanne. »Mauthausen ist ein Vernichtungslager. Aber die Deutschen werden den Krieg in Österreich nicht gewinnen. Wir werden gerächt werden. Wir müssen unsere Sachen sofort zusammenpacken.«

Ohne nachzudenken, laufe ich durch das ganze Lager, um Anastasie zu suchen. Ich muß unbedingt noch mit ihr sprechen, bevor wir weggebracht werden. Sie ist zu den Duschen geschickt worden, einen Graben ausheben.

»Anastasie! Ich werde mit Suzanne in ein anderes Lager gebracht. Wir müssen sofort los. Wenn du es schaffst, sage allen, was wir hier erlebt haben. Bring mein kleines Notizbuch, wo ich Notizen gemacht habe, in Sicherheit. Du weißt, wo es versteckt ist. Ich habe alles darin festgehalten, was ich seit meiner Verhaftung erdulden mußte. Ich werde die letzte weiße Seite, die mir bleibt, noch ausfüllen, bevor ich diese Hölle verlasse. Wenn du eines Tages etwas von Désiré erfährst, bitte, kümmere dich um ihn. Ich vertraue dir meinen Sohn an, wenn er noch am Leben ist. Und ich vertraue dir auch meinen Talisman, meinen Goldanhänger an. Er wird dir helfen. Ich brauche ihn nicht mehr, ich werde sterben. Aber du, Anastasie, du mußt leben! Halte durch. Adieu!«

Wir haben uns noch schnell umarmt, dann bin ich gegangen. Nun schreibe ich die letzten Worte, die in meinem Notizbuch und den zusätzlichen Blättern stehen werden. Ich hoffe darauf, daß eines Tages jemand das lesen wird.

In meinen Gedanken treffen die unterschiedlichsten Bilder aufeinander. Ich sehe meine Insel wieder vor mir, das Gesicht meiner Mutter und das meines Vaters. Komm, Agenor, hilf mir, ein letztes Mal Martinique, mein fröhliches, lautes, geschmücktes Saint-Pierre wiederzufinden – die Madras, den bunten, lärmenden Markt, die vielen Früchte...

Ich schließe die Augen. Für einen kurzen Moment sehe ich auch das Schloß der Dubreuils, meine Begegnung mit Jean, meine Verhaftung um vier Uhr früh. Nicaise... Désiré...

Während meine Sonne ganz langsam auf der deutschen Erde verlischt, spüre ich, daß in Polen mein Leben in Désiré weitergeht. Ich gehe, aber mein Sohn ist am Leben. Durch ihn werde ich gerettet sein.

Komm, Agenor, bringe mir meine letzten Kräfte. Wenn mein Tod nur mir gehört, dann mache, daß ich so sterbe: Ich will an einem Abend großer Zärtlichkeit einschlafen, mit dem Gesicht zum lebendigen Meer. Meinen letzten Schlaf will ich unter einem blühenden Olivenbaum finden. Schön soll mein Sarg sein und mit Orchideen und Rosen aus Porzellan geschmückt. Der Tau soll sich mit Leidenschaft auf mich herabsenken. Wenn der Herr der Unendlichkeit zur vorgerückten Stunde seine Fässer mit altem Rum aufräumt, wenn die letzten Madrasschals aus den Schubladen gezogen und umgelegt werden, höre ich, wie man sagt: »Ihre Seele hat keinen Makel, ihr Körper mit den zarten Brüsten ist ohne Sünde. Sie hat sich im Land des Mahagonibaums verwurzelt.«

Ich will begraben werden mit den Krebsen, die sich auf ihrem Weg ins Meer an die Brust zu schlagen und zu sagen scheinen: »Es ist meine Schuld! Es ist meine Schuld!«

Aber ich, Agenor, habe ich Schuld?

So endet das Notizbuch Sidonies. Die immer feinere Schrift ist kaum noch zu erkennen. Das kleine Buch wurde von einer Mitgefangenen an Sidonies Mutter geschickt, die es nach dem Krieg erhielt.

Danksagungen

Ich habe besonders dem Schweizer Dr. phil. Micha Grin, geschichtlicher Berater, zu danken für seine Anleitung, Hilfe und Begleitung der Arbeit an diesem Buch, sowie Marie-Josée Grin, seiner Frau.

Mein ehrlichster Dank gilt ebenso: Herrn Rodolphe Roussi, Martinikaner und ehemaliger Kriegsgefangener in Hoyerswerda, Deutschland, der die Veröffentlichung dieses Buches leider nicht mehr erlebte; Herrn John William, Sänger und Autor, der in Neuengamme gefangen war und Herrn Micha Grins Fragen beantwortete; all denen, die Dokumente aus jener Zeit sammeln und aufbewahren – in der Bibliothèque Schoelcher und den Archiven des Départements Fort-de-France, Martinique.

Die folgenden Publikationen waren mir eine wertvolle Hilfe, und ich möchte ihren AutorInnen dafür danken.

Jean-Jacques Bernard: *Le camp de la mort lente* (Paris, Albin Michel)

Suzanne Busson: *Dans les griffes nazies. Histoires vécues à Ravensbrück* (Imprimerie du Maine Libre, 1952)

Liliane Chauleau: *La vie quotidienne aux Antilles francaises au temps de Victor Schoelcher* (Paris, Hachette)

Collectif: *Les Françaises à Ravensbrück* (Paris, NRF-Gallimard 1965)

Ania Francos: *Il y avait des femmes dans la résistance* (Paris, Stock 1977)

John Hope Franklin: *De l'esclavage à la liberté. Histoire des Afro-américains* (Éditions Caribéennes)

Alfred Grosser: *Dix leçons sur le nazisme* (Éditions Complexe)

Désiré Haffner: *Hommes et femmes à Auschwitz*

Lafcadio Hearn: *Un voyage d'été aux tropiques* (Paris, Mercure de France 1924)

Marc Klein: *Observations sur les camps de concentration*

Léon Poliakov: *Bréviaire de la haine* (Paris, Calmann-Lévy)

Simone Saint-Clair: *Ravensbrück, l'enfer des femmes* (Paris, Tallandier)

Jacques Sigot: *Un camp pour les tsiganes et les autres* (Wallada)

Léona Gabriel Soïme: *Ça c'est la Martinique* (Éditions L. Gabriel Soïme)

John William: *Si toi aussi tu m'abandonnes* (Paris, Éditions Le Cerf 1990)

O. Wormser / H. Michel: *Tragédie de déportation* (Paris, Hachette)

Anmerkungen

Léon-Gontran Damas, 1912 (Cayenne) bis 1978 (Washington, USA), wurde seit dem Ende der dreißiger Jahre im frankophonen Raum als Lyriker, Erzähler und Essayist bekannt. Zusammen mit Aimé Césaire und Léopold Sédar-Senghor Begründer der *négritude*, einer weit über die Grenzen des Literarischen hinausgehenden kulturellen Bewußtwerdung und Hinwendung zu schwarzen Kulturtraditionen, die sich auch in der politischen Haltung und dem politischen Engagement dieser Schriftsteller und ihrer schnell anwachsenden Öffentlichkeit – wenn auch mit Unterschieden – ausdrückte. Der Gedichtband *Pigments* erschien zuerst im afrofranzösischen Verlag Présence Africaine 1937, spätere Nachauflagen folgten. *Retour de Guayane. Récit.* – Ein Bericht aus Guayana, 1938; *Veillées noires. Contes guayanes* – Schwarze Totenwachen. Guayanische Erzählungen, 1944. Der Gedichtband *Névralgies* erschien zuerst 1966, ebenfalls mit weiteren Nachauflagen. (Die hier angeführten Werke stellen eine Auswahl dar.)

Anatole France, 1844 (Paris) bis 1924 (Saint Cyr / Loire), weißer französischer Schriftsteller und Journalist, ergriff in der Dreyfuss-Affäre zusammen mit Emile Zola Partei für Dreyfuss. Literaturnobelpreis 1921.

Victor Schoelcher, 1804 (Paris) bis 1893 (Les Houilles), weißer französischer Politiker und Intellektueller, der sich erfolgreich für die Abschaffung der Sklaverei auf den Antillen einsetzte. Von ihm erschienen: *Abolition de l'esclavage* – Abschaffung der Sklaverei, Paris 1840; *Polémique coloniale* 1871-1881 – Streitschriften über die Kolonien, Paris 1882.

Joséphine Baker, 1906 (New York) bis 1975 (Paris) startete als erste Afroamerikanerin Ende der zwanziger Jahre außerhalb der USA, in Paris, eine internationale Karriere als Revuetänzerin und Sängerin. Mit ihrem größten »Hit« aus der Vorkriegszeit (und mit vielen weiteren): »J'ai deux amours ...« sang sie im 2. Weltkrieg für den antifaschistischen Widerstand auf Radio Casablanca und der BBC. (Sie gehörte der gaullistischen Widerstandsorganisation an.) Ihre internationalen Erfolge erneuerten sich nach dem Krieg; mit zeitlicher Verspätung wurde sie schließlich auch in Deutschland bekannt. Mitte der sechziger Jahre gründete sie in Südfrankreich ein internationales Kinderhaus, wo elternlose Kinder aus Afrika, Südostasien, Lateinamerika und Europa ein neues Zuhause fanden. Dort lebte sie zwischen den Tourneen.

1972 feierte sie als »grande dame« des internationalen »Showbiz« im Pariser *Olympia* ein letztes rauschendes Comeback – inmitten einer Flut von Blumensträußen, und mit stehenden Ovationen geehrt. Über ihre Kunst und ihr Leben sind Bücher und ein dokumentarischer Fernsehfilm in Deutschland veröffentlicht worden.

Saint-John Perse, 1887 (Pointe-à-Pitre, Antillen) bis 1975 (Paris), weißer antillischer Lyriker und französischer Diplomat, hinterließ ein weitreichendes lyrisches Werk, das 1960 mit dem Literaturnobelpreis ausgezeichnet wurde. In deutscher Übersetzung sind erschienen: *Anabase* (Paris 1924) – *Anabasis,* übers. von W. Benjamin / B. Groethuysen, Berlin 1950; *Vents* (Paris 1946) – Winde, in: *Dichtungen*, hrsg. und übers. von Friedrich Kemp, Darmstadt / Berlin / Neuwied 1957; *Amers* (Paris 1957) – *See-Marken,* frz. und dt., Neuwied 1959 (Auswahl)

Nachwort zur deutschsprachigen Ausgabe

Schwarze Frauen und Männer (»Schwarz« wird hier als politischer Begriff verwendet und bezeichnet Menschen verschiedenster Herkunft, die nicht weiß sind) wurden von den Nazis aufgrund ihrer Hautfarbe verhaftet und in Konzentrationslager deportiert. Diese geschichtliche Tatsache ist verbürgt und in vielen Ländern bekannt. In Deutschland gibt es zu diesem Thema, soweit mir bekannt ist, keine systematische historische Forschung. Berichte von AugenzeugInnen sind in deutscher Sprache bisher nicht veröffentlicht worden, in den KZ-Gedenkstätten werden schwarze Frauen und Männer nicht erwähnt.

Unter etwa fünftausend Eintragungen in sogenannten Zugangslisten in der Gedenkstätte Ravensbrück findet sich eine einzige mit der Bemerkung: »Neger-Mischling«.

In dem Buch *Farbe bekennen. Afro-deutsche Frauen auf den Spuren ihrer Geschichte* (Berlin, Orlanda Frauenverlag 1986, S.74-76; Frankfurt/M., Fischer TB 1992, S. 74-76) berichten die beiden Schwestern Anna G. (Doris Reiprich) und Frieda P. (Erika Ngambi Ul Kuo):

»Ab Herbst 1943 begannen die Schikanen, ich mußte z.B. andauernd zum rassenpolitischen Amt, dort mußte ich meinen Paß vorlegen. ... Damals sollte ich auch sterilisiert werden. Dazu fuhren sie mich in die Frauenklinik, ich habe unterwegs fürchterlich geweint. [Sie wurde dann aber 'laufengelassen'.] ... Viele Farbige wurden sterilisiert. ... Wir haben auch oft erlebt, daß Mischlinge in KZs gebracht wurden. Unsere Freundin S., eine Mulattin, und ihr Mann, ein Holländer, wurden abgeholt, zwei Tage später die Mutter von S. Ihnen wurde alles mögliche vorgeworfen. ... Dann war ich so blöd und habe im KZ Bromberg um Sprecherlaubnis gebeten. ... Ein Mann sagte gleich: 'Ich will Ihnen eines sagen: Machen sie, daß Sie hier wegkommen, so schnell Sie können, damit es Ihnen nicht genauso geht.' Das war 1943. ...

Nach dem Krieg erfuhren wir von ehemaligen Gefangenen, daß S. mit Beulenpest im KZ-Graben liegengelassen worden war. Die Russen haben sie aber gesundgepflegt, und eines Tages stand sie vor der Tür. S.s Mutter blieb verschollen. S. selbst starb 1953 an den Folgen eines Nierenleidens, das sie sich im KZ zugezogen hatte.«

Der Schweizer Historiker Micha Grin, der die Autorin Michèle Maillet bei dem vorliegenden Roman beraten hat, schätzt, daß etwa zweitausend schwarze Menschen von den Nationalsozialisten in KZs interniert wurden (aus: *Jeune Afrique,* Unabhängige Wochenzeitung, vom 9.10.1990).

Der erste zusammenhängende Bericht eines Überlebenden zu diesem Thema erschien 1990 in Frankreich. Der afro-französische Sänger John William (Pseudonym für Armand Huss) war 1944 im Alter von zweiundzwanzig Jahren in der Nähe von Vichy verhaftet und in das KZ Neuengamme verschleppt worden. Er überlebte und kehrte zunächst nach Frankreich zurück. Dort und bald auch in den USA begann er zu Anfang der fünfziger Jahre eine erfolgreiche Karriere als Sänger; heute setzt er sich aktiv für die Menschenrechte ein. Sein Augenzeugenbericht trägt den Titel eines seiner bekanntesten Lieder: *Si toi aussi tu m'abandonnes* (dt.: Wenn auch du mich verläßt; Paris, Éditions du Cerf 1990).

In Anbetracht der wenigen Quellen hat sich Michèle Maillet zu einem ungewöhnlichen Schritt entschlossen: Sie hat einen

Roman, einen fiktionalen Text verfaßt, für den sie über mehrere Jahre die Hintergrundinformationen zusammengetragen und sie durch Gespräche bzw. Interviews ergänzt hat (siehe dazu die Danksagungen).

Weil in der Wirklichkeit kein Notizbuch von einer schwarzen KZ-Gefangenen überliefert war, griff die Autorin zur Konstruktion. Sie gab dem rein fiktiven Notizheft ihrer Protagonistin Sidonie Hellénon eine erzählerische Form und Kontinuität. Wo in der Realität keine zusammenhängenden Berichte zu finden sind, sammelte Michèle Maillet einzelne, verstreute Hinweise, Bemerkungen, Beobachtungen in den Berichten nicht-schwarzer KZ-Überlebender, in Zeitungsnotizen, Reportagen, in den Akten der Bibliothek Victor Schoelcher und des Départments in Fort-de-France und entwickelte auf dieser Basis eine Geschichte, die genau das zu leisten versucht, was der bisherige Stand der Forschung nicht kann: Sie will erinnern und ein Gedenken ermöglichen an die verschwundenen, verleugneten, vergessenen schwarzen Frauen.

Ob wirklich eine junge Martinikanerin nach Auschwitz und Ravensbrück deportiert wurde, wissen wir nicht, aber für die Romanfigur der jungen schwarzen Mitgefangenen Aglaé und für die Figur der Chinesin Nadine existieren dokumentierte Vorbilder. Die französische Widerstandskämpferin Suzanne Busson berichtet in ihrem Buch *Dans les griffes nazies* (dt.: In den Fängen der Nazis. Erlebtes in Ravensbrück; Imp. du Maine Libre 1952, S.222) von anderen KZ-Inhaftierten:

»Im Block 32 von Ravensbrück hatten wir eine Gruppe von Belgierinnen. ... Sie gehörten fast ausnahmslos dem belgischen Widerstand an. ... Belgien unterhielt Verbindungen zu China. Und in Block 31 gab es auch eine Chinesin, Nadine, die lange in Peking gelebt hatte, uns in die Tradition ihres Landes einführte und von Traumlandschaften, von Gärten mit Bonsai-Bäumen, Häusern mit Pergamentwänden und Bambusmöbeln und von strahlenden Kirschblütenfesten erzählte.

Mit ihr war Blanchette zusammen, eine arme, kleine Negerin, die Tuberkulose hatte und Tag und Nacht hustete. Sie litt sehr unter den nordischen Temperaturen. Ihre großen, vom Fieber glänzenden Augen blickten fragend wie bei einem Kind, das die Ungerechtigkeit der Menschen nicht fassen kann. Und sie fragte naiv, warum diese 'bösen Männer' sie mitgenommen hätten und was sie mit ihr tun würden. Sie war als Kindermädchen bei Widerstandskämpfern, von deren Tätigkeit sie nichts ahnte, verhaftet und nach zwei Monaten im Lager von Fresnes nach Ravensbrück gebracht worden – ohne jegliches Verhör. Sie starb nach kurzer Zeit, nach wenigen Monaten, an der Tuberkulose. Bis zu ihrem letzten Atemzug sagte sie, sie könne ohne ihre Sonne nicht leben, die von Ravensbrück sei bloß eine deutsche Sonne.«

Der Bericht Suzanne Bussons enthält darüber hinaus viele weitere Angaben über das Konzentrationslager Ravensbrück, die in den Roman eingingen.

Michèle Maillet spricht in diesem Buch aber auch eine weitere wichtige Dimension des Lebens, Sterbens und Überlebens von schwarzen und afro-europäischen Frauen und Männern an: Die Romanfigur Anastasie erzählt von schwarzen Widerstandskämpfern gegen die Nazis. Der Name Leutnant Pierre-Rose wird genannt. Und dieser Widerstandskämpfer lebte wirklich. Das *Journal de la Paix* vom 19.1.1946 druckte den Zeugenbericht des weißen Mitkämpfers aus dem Widerstandsbataillon Fort-de-France, Laurent Bellon. Er gibt an, daß sein Bataillon unter dem schwarzen martinikanischen Befehlshaber Leutnant Gérard Pierre-Rose im Tal der Asse (Südfrankreich) erfolgreiche militärische Aktionen gegen die Nazitruppen durchgeführt hatte. Pierre-Rose war nach Bellons Bericht ein von seiner Gruppe vor allem wegen seiner menschlichen Qualitäten sehr geschätzter Kommandeur. Er fiel zwischen dem 8. und 18. Juli 1944 durch eine Fußverletzung in die Hände der Nazis und wurde von ihnen ermordet, als seine Leute von Fort-de-France versuchten, ihn zu befreien. Was schwarze Frauen im Widerstand betrifft, so sind ihre Aktivitäten bisher auch im französischsprachigen Raum noch nicht erforscht. Die ansonsten umfassend recherchierende Journalistin Ania Francos hat in ihrem 1977 erschienenen Buch *Il y avait des femmes dans la résistance* (dt.: Es gab Frauen im Widerstand; Paris, Editions Stock 1977) leider keine ihrer Gesprächspartnerinnen nach schwarzen Mitkämpferinnen gefragt... Nach allem, was die historische Frauenforschung schon zutage gefördert hat, müssen wir aber davon ausgehen, daß es afro-europäische Frauen im Widerstand gab.

Selbst wenn bisher noch sehr wenig vom Leben, den Lebensbedingungen, dem Überleben und dem Widerstand schwarzer Frauen im Faschismus bekannt ist, hoffe ich, daß dieser auf dokumentarischen Fragmenten fußende Roman dazu anregt, weiter zu forschen und die noch unentdeckten Stimmen schwarzer Frauen in der jüngeren europäischen Geschichte zu Gehör zu bringen.

Bettina Schäfer — Bremen, im Dezember 1993

25 Jahre Orlanda Frauenverlag

Ika Hügel-Marshall

Daheim unterwegs – Ein deutsches Leben

Die spannende Autobiographie einer afrodeutschen Frau, die ein bisher wenig beachtetes Kapitel der deutschen Nachkriegsgeschichte behandelt. »Der Bericht zeichnet zugleich einen Menschen von großer Beharrlichkeit, fähig, den reflexhaften kindlichen Wunsch nach Genugtuung und Rache in Wissensdurst, Strebsamkeit und soziales und politisches Engagement zu verwandeln.« *Frauen Heute*

162 Seiten, gebunden, mit Fotos

DM 34.–/sFr. 33.–/öS 248.–, ISBN 3-929823-52-7

May Ayim

Blues in schwarz weiss – Gedichte

»Mit Versen, die kein Gefühl aber auch nicht die Wahrheit scheuen, macht May Ayim vor, wie aus Ausgrenzung Widerstand wird, und daß es notwendig ist zu kämpfen, statt zu schweigen.« *Schnüss, Bonner Stadtmagazin*

144 Seiten, gebunden

DM 29.80/sFr. 29.–/öS 218.–, ISBN 3-929823-23-3

Audre Lorde

Die Quelle unserer Macht – Gedichte

Diese Auswahl ihres lyrischen Gesamtwerks stellte Audre Lorde 1992 in Berlin selbst zusammen. Zweisprachige Ausgabe

186 Seiten, gebunden

DM 36.–/sFr. 35.–/öS 263.–, ISBN 3-929823-16-0

Orlanda Frauenverlag

Großgörschenstraße 40, D-10827 Berlin

Telefon: 030-216 35 66, Fax: 030-215 39 58

Email: orlanda@aol.com, http://www.orlanda.de